混乱年代里的云

ASHES OF ADOLESCENT

梁仁　著

中国社会出版社
国家一级出版社·全国百佳图书出版单位

图书在版编目（CIP）数据

混乱年代里的云／梁仁著．—北京：中国社会出版社，2015.10

ISBN 978-7-5087-5161-0

Ⅰ.①混…　Ⅱ.①梁…　Ⅲ.①故事—作品集—中国—当代　Ⅳ.①I247.8

中国版本图书馆 CIP 数据核字（2015）第 227686 号

书　　名：混乱年代里的云
著　　者：梁　仁

出 版 人：浦善新
终 审 人：李　浩
责任编辑：魏光洁　　　　**责任校对**：丁　一

出版发行：中国社会出版社　邮政编码：100032
通联方法：北京市西城区二龙路甲 33 号
电　　话：编辑室：（010）58124812
　　　　　销售部：（010）58124848
　　　　　传　真：（010）58124870
网　　址：www.shcbs.com.cn
经　　销：各地新华书店

中国社会出版社天猫旗舰店

印刷装订：中国电影出版社印刷厂
开　　本：145mm×210mm　1/32
印　　张：7
字　　数：150 千字
版　　次：2015 年 11 月第 1 版
印　　次：2015 年 11 月第 1 次印刷
定　　价：21.00 元

中国社会出版社微信公众号

序

混乱

感谢社交媒体的崛起，感谢移动互联网的浪潮，感谢造化赏脸调戏，这几年过得真的很混乱。我深深感到，在我身上发生的许多事情，是这个疯狂迭代的社会的一个缩影：

在我们还在大学校园里的时候，一群不知天高地厚的本科生一手拿着《纯粹理性批判》（哦，我还是个理科生）、高呼自由而无用；另一手就得捧着厚厚的《Case In Point》，跑到学校咖啡馆里，“Guys，我们来mock吧”。后来当年和我一起的小伙伴们有的去了大洋彼岸继续学业，有的进到了我们说好一起去的Big Name，而我自己，手中的书变成了《Vault Guide to Finance Interviews》，目的地从上海变成了北京，字典里说，“我们都有光明的未来”。我记得刚上大学的时候，社会上讨论的最多还是金融危机和占领华尔街，而现在，我的周遭已经被创业和各种一夜间开花的造富神话充斥……

我和我可爱的朋友们，在那个时候，也就是二十一二岁的光景啊！

年代

后来天各一方的我们，间或聊天时，显露出越来越多的疲劳、迷茫和身不由己，于是在这个人人都看似热情高涨的混乱时代里，我的双眼，却越来越冷。在我身上的那些看不见的、敏感的、年轻的触角，感受到了冬天的到来。

在我为这本书写这篇序言的时候，正是之前的各种繁荣走向拐点之际。我的一位空姐朋友不再跟我说，“阿仁，我明天去欧洲，需不需要帮你带什么”——人民币已经连续贬值几周了；我在大盘最高点的时候抽身离场，但是更多的人都在五六月份的时候赔得裤子都不剩；还有就是创业大军也在短短的时间内大范围地折戟沉沙，一个月前还在一场创业沙龙里高谈阔论的某位女性创业者，转眼间就“委身”去了一家公司做起了当时她最鄙视的“每天过着规律生活的上班族”，合伙人分崩离析、项目死掉、资金链断裂、媒体虚张声势然后再被啪啪打脸，这些事情就更是屡见不鲜了。

有一天我拿出一本旧时的小说集子，突然有了新的领略，原来近百年间，乃至几百年间，年轻人的境遇并没有变得更容易，女人的境遇并没有变得更容易，在中国做一个年轻女人并没有变得更容易，甚至更难。

云

我在走一条和自己所识的人们毫不相似的路，他们早已经把另一条路走成高度文明的状态，规则清晰、条框明确；而我，不知是主动还是被动，却走上这条蛮荒之路，筚路蓝缕、以启山林。我的的确确不知道自己是主动做出了选择，还是冥冥中被安排。因为在我内心深处，始终感觉自己仿佛置身于一片磅礴的海潮，只能随波逐浪，任凭一股看不见的力量把我推搡到它希望我去的每一处地方。

无论如何我都要感谢一些人，或者说，每一个人。因为有一件事情我是确定的，那就是我始终是在用血肉之躯和纯粹情感去认识世界的，再借由故事和他人在含蓄地表露着自己。所以这一路，如果不借由每一个人的出现和引领，我绝不可能把握到那些散落在我生命里的灵感，也绝不会锻造出自己特有的韧性来。

人皆食五谷，但阳光下的每个个体又都是那样不同。我希望我的文字和我自己的存在，可以成为一种鼓励。而我也有非常清楚的认识，在这个混乱年代的气象里，我绝不是音量最大的，但这个时代给了我一个位置，我需要在这个位置上去看去听去感受。一些东西，一些被人称之为顶了不起的东西，你们不甚喜欢，总隐约觉得那字里行间有隐瞒你的事，它们自有一套密码、自有一套磅礴的体会，对你无从说起……可是，我晓得那种体会，我晓得它们的密码。现在我要把这些故事，讲给你们听。

目录
contents

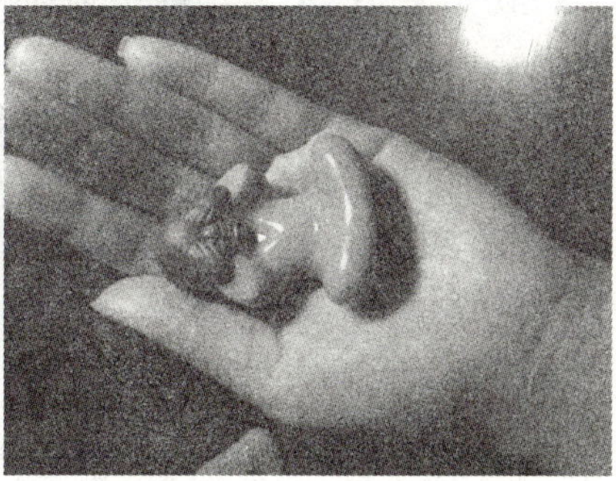

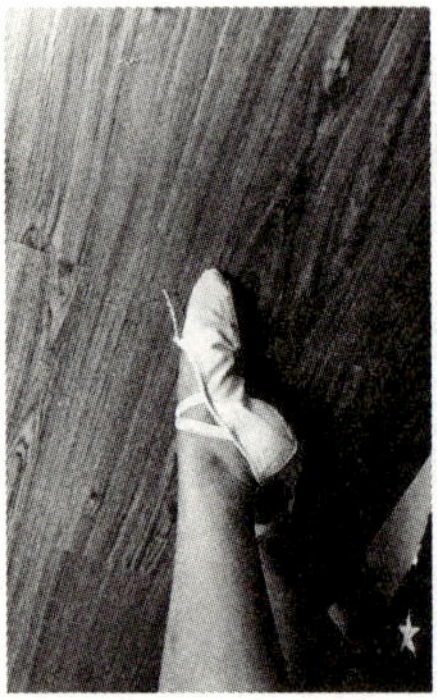

榴莲侠

如果关于你的故事是这样开始的，那么你会发现，你之后的人生就总是在变着法儿地重复着这个故事。这个故事是许多故事的开头，它常常提醒我，尽管此刻生活不易，我却也将被命运如此丰盛地宠爱，一如过往的每一年。

有一年我生了一场大病，那时候是爱吃榴莲的朗秋在照顾我。

其实本来说好的，是我照顾她才对。

我记得她刚来上海的时候完全吃不惯这里的菜，我只好上网上去找泰国菜馆，领她挨家吃过，吃了整整三个月，她每次都摇头。“东西都很精致，但是不朴实，泰国菜很简单的。这些菜很泰式，泰得太假了。”

于是朗秋决定自己开火做饭。

说真的，我的中国胃还是更喜欢餐馆里的泰国菜，朗秋的厨艺有限，而且下料诡异，她能在南北货行买到许多古怪的香料，然后用它们做出非常颠覆我关于泰国菜印象的食物来，我甚至怀疑她就是在胡闹，拿我当试菜的小白鼠，来检验她异想天开的创作。

那一年我大二，她来上海。我受人之托照顾初来乍到的她，陪她租了房子，就在我的大学不远，便于我们相依为命。

朗秋的童年是在泰国度过的。她的父母是去泰国做大米生意的北方人，她大学毕业之后不想直接到家里的公司，于是自己来上海找工作。她画画很好，有一家小广告公司请她当设计助理，而那家公司的人都不知道这个小麦肤色、体格精瘦、五官犀利的女孩子在泰国是一个从小被四五个保姆伺候着的大小姐。可能是因为他们也没有见过工作那么拼命的大小姐吧。

自己下厨的朗秋有了新的爱好，就是逛美食网站，到处搜罗菜谱，以及看美食家们的博客。

有一天，她用一种不屑的口吻，指着屏幕跟我说："这个人在胡诌。"

"你看，他说把榴莲放进雪柜里冻透，拿出来浇上牛奶趁冷的时候吃，有冰激凌的感觉。一看就知道他自己肯定没试过。"

我狐疑地看着朗秋，不明就里。

她接着说，"冻透的榴莲从雪柜里拿出来的时候像石头一样硬，拿出来化一个小时才松下来，那时候才能吃得动。而且你看他说浇牛奶，这是多么画蛇添足的山寨吃法啊。"

下午她买了一整个榴莲回来，说是要让我尝尝正宗的榴莲冰。我看那榴莲没有裂缝，问她，“熟了吗?”

她弹了一下我的脑门，“急嘴子，你闻闻还有点青草味，就是没有熟透，要放两天，等壳微微裂开的时候是最合适的。”

“哦，那我给放起来。”

“谁说就这么放起来了？给我两张报纸。”

我找了两张旧报纸给她，只见她包好榴莲，走到厨房，握着榴莲的柄，用灶头的火烤它。很快那张报纸就烤成了灰烬，她收拾了灶台，又拿另一张报纸再次包起榴莲，终于把它放起来了。

“过两天我们吃榴莲冰。”

等到周五我下了课，径直去到朗秋的小屋，见她已经化好了榴莲，拿着小碗在我眼前直晃悠。“来吃冰激凌嘛!”

榴莲冰冻得非常均匀，而且因为化开了，所以没有刺激牙齿的冰碴，只保留了恰到好处的凉凉的感觉。榴莲是一种胆固醇和糖含量很高的水果，所以口感软绵如泥。冻过之后，香味仿佛更加凝聚。

“一定要烧一下再包起来吗?”我问她。

“是，但是我也不知道为什么，反正保姆是那么做的。劳动人民的智慧，不会错的。”

一边说着，她一边拿着勺子要喂我，我傲娇地白了她一眼，假装趾高气扬地吃下去，大声地吧唧嘴，然后心满意足地说了一个长长的“好——”。

我觉得，那已经是榴莲的五星级吃法了。

没过多久我生了一场大病，开始是锁骨下方不时传来疼痛，后来疼到无法做别的事情，医生说淋巴可能出现了肿瘤，要等切片检查的结果，并且告诉我要做好手术的准备。

那大概是我第一次知道什么叫作晴天霹雳吧。

走出医院我不断地想，如果真有什么三长两短可如何是好。我发现我竟是冷静无比的，原来当死亡的可能笼罩着你的时候，人可以是很平静的，我不害怕生命的陨灭，只是牵挂着红尘里未了的责任。对家庭对朋友，我有好多想要交代的事情。我只希望时间够用。

我回到朗秋那里，把事情告诉她。她久久没有说话。她就这样安静地看着我，我也看着她，据说人类之间对视九秒以上会觉得不自在，但我觉得她的眼眸像是缠绵的湖水，流淌着怜惜、惶恐、焦虑和一丝无可奈何，我像是跌进了那潭水，一时间我心里郁积已久的疲惫与彷徨找到了可以溶解它们的地方。我靠在朗秋身上，慢慢把身体蜷起来。她精瘦的身体固然有些硌人，但是她强烈的心跳却给我以安慰。那里有一个充满力量的泵，泵着热血和一种让我想要活下去的温暖。

突然她跟我说：“阿仁，你要活下去。”

“嗯。”

“你太可怜了”，她顿了顿，“就像，就像流浪狗。”

说得真贴切。

后来我出院了，搬出宿舍，到朗秋的房子里休养。我常常穿着宽松的针织衫和棉裤坐在阳台上，盖着厚厚的毛毯，我记得手术麻醉下去之后和我失去意识之前，身体会有一片刻的凉意，那之后我习惯性地怕冷，刚入秋就把自己裹得像米其林。

我很想晒太阳，可是上海秋冬的白天好短，过了三点天空就是一片令人无语的黯淡，我怀念起北方斜长的夕阳，还有家乡秋天的云，眼泪就啪啦啪啦流下来。

我希望朗秋快点下班。大概从三点开始我就不停地看表，时间过得好慢，我甚至怀疑钟是不是坏了。她的房间全部被明艳的色彩装饰着，但是她不在时这些东西一点活力都没有。

仿佛等了一个世纪那么久，她终于回来了。

一进门我就号啕大叫："你怎么才回来，你怎么才回来！"

已经不会说别的了，我哭了，像个失心疯。我捶着朗秋，我埋怨，然后泣不成声。

"屋里好黑，我害怕！你怎么才回来。"

她放下手里的大包小包，捧起我说，"你怎么不开灯啊。"

"我忘了。"

她笑了，她把我扶到沙发上，我抓起她的手说："我好饿。"

她又是一笑，"快别哭了，今天给你煲汤喝，请你喝'四只鸡'。"

"什么是四只鸡？"

"'一只榴莲三只鸡'，榴莲炖鸡，一共就是四只咯。"

"你疯了，榴莲，炖鸡？"

"让你享受一下泰国坐月子的待遇。"

说完她就进厨房忙去了。

榴莲炖鸡端出来，乳白色的汤。

不是用榴莲肉而是榴莲瓤，皮和肉之间白白的部分，和鸡一起炖汤。

闻起来有榴莲香，但是跟榴莲肉的味道不是一回事，又与鸡肉的味道非常搭，怎么说呢，就是每一口都觉得那是榴莲与鸡肉在舌吻。

好喝得像是回到娘胎里一样。

全程依然是朗秋喂我。

我像是淋了雨的流浪狗，慈悲的朗秋收留了我，还给了我一碗热汤。

晚上我拱到她被窝里，跟她一起睡，又枕着她的心跳，那一晚睡得格外甜。

后来朗秋回泰国去了。估计以后我们见面的机会也寥寥了。

她走的时候我没去送她。我这个狼心狗肺的人。

那天我买了一大盒榴莲，一口一口用力地吃下去，明明很好吃的，却一滴滴地流下了眼泪。

彪悍玫瑰

这个故事的一切，也许都源于那句话：情敌之间，哪有什么隔夜仇。

（一）

也许因为我要的东西都很简单、容易得到，所以人生中绝大多数时间里，我总是呈现出知足淡然的样子。

但其实我错了，欲望这东西，是会在得不到时被狠狠勾起的。而事实上，所有人都有欲望。在知道绿月的存在之后，我开始重新审视我自己的欲望。原来并不是我有多淡泊，只是我想要的东西看起来少一些。但是虽然少，对每一样所渴望之强烈，却绝不输一般人欲求的众多东西的总和。和我一样的人们，都在冒着更大的险——因为那些想要抓住一切的人，即使偶有失手，还是会得到不少安慰奖品；可是我想要的就那么简单，一旦错过了，就一无所有。我常常猛捶自己的脑袋，为什么要长那么大才知道投资组合理论，为什么不懂得分散风险？而等我幡然醒悟鸡蛋不能装在一个篮子里的时候，人生观已经定型，我永远都不能成为求全责备的人，永远只能全心全意想着一个东西，得不到就心服口服承认满盘皆输——最没有安全感的人，却选择了走钢索模式的人生。

所有人欲望的后果之一就是嫉妒。

绿月让我第一次尝到了嫉妒的滋味。

绿月出现之后，我再也不能对她像从前对其他女生一样，因为她们的优秀或是美貌而衷心喜欢了。

绿月是他的前女友。

这就是我和绿月的关系。

我嫉妒她，毫不掩饰地嫉妒她。

她的美貌让我望尘莫及——她是混血，不管我的眼睛怎样大，都不如她深邃的眼眶来得立体、动人。她的父亲是 C 城富甲一方的巨贾，她年纪轻轻就得到了我努力奋斗一生还不一定能得到的物质生活。

如果说我唯一有那么一点优越过她的地方，就是我有他。

（二）

我躲不掉绿月，他也是。他和绿月家里有生意往来，门当户对的关系又让他们有非常多的共同好友，这就是所谓的抬头不见低头见。比如那次聚会上，不管我多么小心地躲在他身后，还是被绿月撞见了。

“你就是阿仁？”

“是，你是绿月？”

我们两人都在明知故问。

“哦……你是 Jessie 的朋友？”Jessie 是组这个聚会的女孩。

“唔，我和她不是很熟，那谁给我带来的。”我后悔自己回答得太直太快，“那谁”当然就是他，这个回答让我们努力维持的不尴尬速冻成漫长的沉默。她低头喝了一口香槟，点了点头，默默走开了。

那天她身穿一袭某潮牌灰色削肩连身裙，个性鲜明，又不失端庄，线条完美的锁骨是最好的项链，上个礼拜新剪好的头发出自李东田亲手。她个子小小的，但这又有什么关系呢，一双价值不菲的高跟鞋就可以解决。聚会上奶黄色的灯光照耀得一切都倍增质感，而她，在那种场合下，当然是光彩动人的，灯光洒在她手臂和肩膀露出来的皮肤上，那是水头最好的羊脂和田玉，我觉得她美得无懈可击。

或许她和我一样都幻想过许多次彼此相见的场面，我听说过她的一些跋扈的作风，总猜想那会是剑拔弩张的，但是，谁想到，在那种猝不及防不由躲闪的情况下，我们相处的本能竟然是那么礼貌的样子，而礼貌，本身就是一种对尴尬的掩藏不是吗。

说到底，我们都是怂包。我们的怂点在自己心里和对方眼里都是一清二楚。

对待情敌的方式有千百种，而我们选择了且只能选择最客套的那种，这也是宿命。

（三）

我从来也没有搞明白他到底喜欢我什么，以至于为我放弃了那样美好的绿月，这个问题我不敢问，也始终不曾想出一个让自己信服的答案。

我也听说过她和他以前的事，大大小小，我像一个偷女人内衣的色情狂，通过各种渠道了解他们的过去。每得知一分他们从前的风花雪月，就会增加一分我的惶惧，可即使如此，我仍无法停止我的搜集，羡慕、嫉妒与恨，缠绕着我，几近病态。

比如说，他们曾经是大学同学，他们和另外两对情侣（也都是他们的挚友）一起租了一栋别墅，每逢节日就搞起派对，一群人的智商迅速降低为学龄前儿童水平，男人们穿高跟鞋戴假发抹血红的口红，女人们则是大垮裤骷髅装比中指。他们毫不掩饰着放纵不羁，那种燃烧青春的日子，那种我最渴望的、小伙伴们相依为命相亲相爱的日子，他们做到了，却一刻不曾降临到我的生活中。

比如说，他们用假期一起去过很多地方。我印象最深的是两个地方，坎昆和芝加哥，夏天和冬天。听人说“坎昆归来不见海”。有一段他们朋友录的DV，他喝醉了，坐在副驾驶上耍酒疯，跑车是敞开的，他站起来唱着：“Woo，墨西哥，墨西哥，Cancun Mexico!”开车的就是绿月，戴着大大的墨镜，挡住大半张脸，却见一抹红唇微微扬起。冬天的时候他们一起去了芝加哥，有一张滑冰场的照片，好像是在高处的角度拍的，下面是很多的人，而近处是两只紧握的手——当然是属于他和绿月。

（四）

后来我调查的重点从他和绿月，变成了只有绿月，我开始想知道她是怎样的女孩。

绿月的乖张不是没有道理，如我之前所说，她是富商之女，却不是独女，家里有一个弟弟。没有想到一个新潮到娶了德裔美女的商人，竟然在重男轻女的问题上依然固执。

绿月很小就被送去了寄宿学校，远离了家庭里无形的森严等级，她并没有变得更快乐，她需要爱，她自己总是有意无意地流露出一种霸道——因为从小就得到的不多，所以一旦得到就会千方百计地宣示主权，任何已经到手的东西都会被她紧紧握住。她曾经有一个非常要好的女生朋友，一次聚会上她发现这个朋友在和她中学时就很讨厌的一个女同学寒暄，当天晚上就躲在会所的卫生间里大哭，等到那个朋友发现的时候，她的妆都哭花了，脸上满是一条一条的黑迹，见到她来，便狠命地捶她，“你不能这么对我，你不能这么对我。”

对朋友如此，对爱人更是。“宁化府”的绰号可不是浪得虚名。

他们刚在一起的时候，他还与一个香港女孩纠缠不清，绿月知道之后默不作声地学了一个月粤语，一通电话打给港女，劈头盖脸的粤语骂过去，据说整整二十分钟，那港女只有开头几分钟还能气焰嚣张，到后来完全成了绿月的单人脱口秀，从此以后港女再也没有出现，而绿月的微博多了一条“这辈子再不讲广东话了”。

（五）

在他向绿月提出分手之前，她从来不知道我的存在。本来嘛，我不属于他们那个圈子。他做好了一切准备，然后像下达通知一样在电话里告诉绿月分手，那时候她在自己的厨房里烤饼干，第二天等她意识清醒的时候，已经躺在医院的急诊室，那一盘本来要在第二天送给他的爱心饼干，和她家厨房一起烧成了焦炭。

那之后绿月去坎昆住了三个月。回来的时候，身高155的绿月只剩下80斤了。

回来之后她决定整顿心情。跟家里要了一笔钱，开始做服装生意。找设计师、组团队，亲自监督打板，在外面谈渠道谈宣传，变成艺术家与商人的合体。她的微博粉丝开始慢慢扩张，她把生意里的每一次进步都意气风发地贴在上面，为她喝彩的人越来越多。但可能只有少数中的少数人才知道，她的一个不为人知的Flickr账号上面，偶尔会传几张凌晨四五点时的照片，那时的她刚刚通宵看完广告方案，望着CBD灰蓝的晨曦，留下微弱到不被察觉的一丝叹息。

（六）

但是没想到再次见到她是在乌鲁木齐，一切巧合得如同虚假——我自己去那里旅游，她则是为了新一季的设计去找灵感和采购面料。

我们在二道桥上一个汉族人开的餐馆门口相遇，隔着几十米的距离，呆呆地不动，我们都放弃了对抗这尴尬，有过一次经验之后，都不得不承认，那对于我们来说太难、太煎熬了。

进到餐馆里，我们隔着一张桌子坐下，不敢抬头。

一开始街道上好像传来了什么声音，我和她先是抬头彼此看了一眼，然后起身向店门口走去，想看看发生了什么。我还没挪出座位，就看见餐馆老板从街上跑回来，冲着店里的客人大喊：“快跑啊，杀人了！从后门跑！快啊！”我们都没有反应过来发生了什么，他就立刻关上了餐馆的正门，店里的几个客人，我，和绿月，这才好像明白了什么似的，向后厨的后门跑去，我们刚出后门，就听见单薄的前门被砸碎的声音，一群人高声说着我听不懂的语言，顷刻间，一阵咣当乱响，我不敢回头望，拉着绿月的手死命地往前跑。

出了巷口我们都吓傻了，一片狼藉，街上有伏尸，其中一个好像没有死，在血泊里颤抖着腿。我都没来得及感到害怕，眼泪就下意识地喷出来。绿月和我愣了五秒钟，赶紧收拾起心里的恐惧，冷静地想着可以躲避的地方，对了，两个街口之外有公安局，那里一定是安全的。

我们几个观光客模样的汉族人实在是太容易辨认了，还没出第一个街口就被一伙拿着尖刀匕首的人看到了，他们其中一个小个子的叽里呱啦地说了一句，那些人就向我们跑来，我们跑他们追，他们的脚步声就像是黑白无常的摇铃，越逼越近。

“阿仁小心！”绿月一声尖叫。

我转过身去，一把匕首已经刺进了绿月胸口，那把刀带着绿月的鲜血拔出来，紧接着瞄向下一个奔跑哭号的绝望目标，那些人杀红了眼，像烟一样地飞过我身边，扬尘尚未消尽，只留下一个倒下的绿月在我怀里。我使尽全身力气抱着她，跑到公安局门口，那时我才发现自己也中了一刀，伤口凉凉的，像是有风在吹，但那无关紧要，绿月已经不行了。我在门口大叫：“来人啊，救救她，救命啊！”

我眼前一阵晕眩，极力想要保持清醒。我拍着绿月的脸，让她醒醒，她慢慢睁开眼睛，跟我说：“好冷啊。”

“胡说，大夏天的，怎么会冷”，我一边骂她一边把她紧紧抱着，其实我自己也感受到了体温正在一点点从她身上流逝。

“阿仁，你听我说，我知道我时间不多了，即使没有这一刀，我的身体也已经越来越糟糕了……”她吐了一口血。

“你别说了！求求你，别说了。等一下救护车就来了，你撑住啊。”

“自从那谁离开我之后，我就一直……一直过着身体与灵魂……抽离的……生活。我……我知道我……抢不过你，你不用……不用抢就得到了，而我，我的一……一切都是……抢来的。”

“绿月求求你，别放弃你自己，只要你没事，你们在一起！我走！绿月，你别睡。”

绿月笑了。

“这真的很……很诱人啊。你知道吗，他是我最爱的人，也是这……二十年里，唯一……唯一对我好的人。”

我说不出话来了……

（七）

时至今日，我记得她说的最后一句话“曾经有个人，很努力地想要珍惜他。”

前天我去看她了，在墓地，我拿手机写了这个故事的上半部，下半部写不动了，今天才完成。这期间有人问我，那美丽的绿月姑娘是谁，能不能介绍认识一下，现在你们知道了。

我永远不能把活生生的绿月带给你们看了，她曾安静地躺在我怀里，也在那里停止了心跳。每当有人问及绿月，我都会说她像一枝玫瑰：

她有刺、也有柔软的花；

短暂地盛开过，浓烈而明艳。

情人三部曲

加州咖啡馆见闻

三个文艺青年凑在一起的话，苦闷一下子爆棚了。在一个最适合为赋新词强说愁的年纪，我和我的另外两个朋友玩起了这样一个游戏：

在我们之中最老成持重的那位写了一篇小说，另外一位代表着放诞与落拓的问题少年，续写了这个故事。轮到我这里，硬生生地摒弃了所有之前的角色，重起炉灶写了一个魔幻浪漫主义的爱情故事。虽然角色不在了，我却继承了这个咖啡馆故事系列的精神，一如老鹰乐队的歌里唱的——所有人被蒂凡尼珠宝扭曲，为梅赛德斯-奔驰折腰，这个华丽丽的花花世界啊，你踏进来，就再也出不去了。

D离开之后，咖啡馆里很久没有那样固定的常客了。直到有一天，那个D常坐着的位子旁边来了一个铜色头发的女孩。从那天开始她很规律地在每周二的清早出现。

“她每次都在那张案子上写东西”，我指了指窗边一张非常宽大的案子，它本是一个建筑师的工作台，“开始的时候带的是稿纸，她用钢笔在写。有一次我端咖啡给她，想要看看她在写什么，咖啡洒在了稿纸上，从那以后她就只带电脑来了。”吧台上的醉汉好像并没有兴趣在听，我的音调变为低声自语。

“钢笔样子！哈哈。港比！”突然他们中一个带着江浙口音的人来了兴致，“那你有没有看见她在写什么？”

“嗯，她在写一部小说，后来她让我看电脑上的文档，已经写了一百多页了。”

“小说讲了什么。”

“我没有看懂，说实在的。她跟我讲的时候我在看屏幕，没好好听，等她讲完我却没有看懂，也不好意思再问她。呵，我是个自作聪明的人。不过我记得她说，写的是一个出轨女人的故事。”

不过我没和醉汉讲，那其实便是她的自我剖白。

“五”是她自称的名字，虽然古怪，不过让我终于不用每次讲故事的时候都用A－Z命名了。

那一年多来，五都是自己在这里写东西，她从不叫吃的。

五是一个爱干净的人，每次坐下都要再擦一遍案子，可它明明是那样干净。

五每周二来，一坐就是一天，写到黄昏，会有一辆肌肉线条的 GTR 来接她。那应该是五的男朋友。这男人总会进来等五收拾好东西一起出去，有一次我听见五叫他“十”。他的脸蛋很好看，有一种人，你一看就知道出身很好，十就是这样的人。五喜欢花，但是自己种花养不久，她跟我说她看见花瓣凋零会焦虑，甚至愠怒。于是每周二这天，十就送她一捧玫瑰，她只要拿回家插在装了水的花瓶里，再把之前的花扔掉就可以了。每周如此。

“壕!”几个醉汉醒了酒，异口同声地说。

神情不着痕迹的五内心却并不那么云淡风轻。她认识十的时候自己机缘巧合为一家杂志写了专栏，十对她的才气大加赞赏，还问她有没有出书的想法。

问者无意听者有心，五以为那是认真的邀请，开始着手写东西，这就是为什么她每周都来了。

“你还记得吗，我一开始看到那个文档的时候她已经写了一百多页。等到她把书寄给我，我满以为那会是一整本完整的故事，却发现原先文档的标题变成一篇五页的小故事，散落在其他故事中间。”

江浙口音的男人开始抽烟，“嗯，真不能理解，钢笔样子，呵。”

与十的恋情一直以来让五感到有压力。因为非常喜欢十，她对这段感情抱有极大期待，于是小心翼翼，于是变得矜持，她好像不懂得如何松弛地面对十和与十的恋爱。当然，十的显赫背景也常常让五打退堂鼓。五在十的面前装作很平淡，可心里常常被这些现实的问题困扰着。

这种压力之下，她在外头包养了一个小学弟。学弟在她面前百依百顺，像一只温存的小绵羊，五非常清楚自己对这个奶油一样的学弟毫无感觉，但他却能让自己高兴。她不让学弟亲吻她，甚至连手都不让他碰，五在学弟面前如同傲慢的女王，用荒唐的出轨修复着脆弱的统治感，她在十面前太压抑了。

五的心思像一只打了厚蜡的苹果。对未来的不安全感已经把苹果心腐蚀烂了，而表面上她还是硬做出一派歌舞升平的样子来。

有一次临走之前，五问我可不可以自己带茶来，我说可以，但是我这里没有茶具，她恐怕要自己拿。她说没关系。下一个周二她又准时来了，在案子旁边、D 以前经常坐的位子摆好茶具，开始煮水泡茶。没多久咖啡馆外面传来熟悉的引擎声，十来了。

五递了一杯茶给他，他们细声地对话，我就在这儿继续给其他客人调咖啡，听不清他们说什么。过了好久，十站起身，问五用不用送她回家，五坐如磐石，很勉强地挤出一个得体的微笑，然后说不用了，也不顺路。

等到十走出门，我走过去想要问问五发生了什么，还没等走到她的座位，五就开始大哭，她尽量不发出一点声音，那是干哑的号啕大哭。我就坐在她旁边，无言地陪着她直到夜幕四合。

此后她再没来过。我想她不需要再为了别人而写一本书了吧。

那张宽大的案子上，今天换了一个女孩子在玩电脑，她的左手边放了一个本子，这时爬上来一只黑色的小虫，它肚子圆鼓鼓的，有翅膀，却好像飞不起来，她拿那个本子在小虫上方扇来扇去，可虫子不为所动，女孩放弃了驱赶，顺从地把左手边的本子放到右边，继续玩她的电脑，就在我眨眼的这个瞬间，黑色小虫已经不见。

咖啡馆里至今放着那本书，被从一百页删减到五页的故事，最后一句是这样写的：

“亲爱的，你已被我安放到我心里的 Hotel California 里了，你的脸庞永远年轻俊俏，可也只有这样了，只能这样了。”

日落在他肩头

你看那星星/
看它们为你闪耀着呢/
而你呀，是胆怯的——你小心翼翼

以前在课堂上学过一个词，长久以来，它沉睡在海马体里，直到我在哥哥的聚会上见到段正淳，这个词复活了——

“鲜衣怒马，翩翩少年”。

麦兜说，火鸡的滋味在将要吃到第一口之前达到顶峰，我常幻想，那么，他的味道又是什么样子的？

段正淳在那之前并不知道我是谁，可我却慕他许久。段正淳写过一些文章，我在聚会之前就已经是他的读者，和其他人一样，我叫他“王爷”。最开始读段正淳的文章是在某年冬天，因为反常的寒冷，那年冬天的事我记得格外清楚，当然也就包括他的文章。这个远方的作者自己应该也无法理解和相信，自己的只言片语给了一个陌生女孩多少温暖与安慰。

在我读过的文章里，有些文字让我和作者保持理性客观的距离，比如那些讲道理讲知识的人，他们很会传播资讯，看他们的东西涨了不少知识，心中默念一声谢谢、1024，便足够了。

而有些人，你读他们，那些遣词造句恰到好处地跌落进你心里的空隙，所有的布局谋篇都是温柔的手掌笼罩着你，让你即使有些一厢情愿，也愿意认为他们离你很近，近到你可以想象与之在耳边呢喃。

“阿仁，我们来聊聊天。”

真是一个令人心跳加速的邀请。我用一种不让他觉察到的方式凝视着他——这是每一个暗恋者都掌握的技能——听他兴致勃勃地讲着一切。

这些年来我身边跟段正淳一样意气风发的少年来了一批又一批，他们有着相似的显赫家身，相似的气宇轩昂，唯独段正淳身上有一种浪漫的气味，如果说才华尚且是可以琢磨得到的，那么浪漫就真的只是一种感觉。我如同嗅觉极好的麋鹿，在树木交错的林间找到了沉香。

世上自诩精明的人时间一久便流于庸俗，因为精明的意思就是要算计凡人，而浪漫是装不出来的。坦荡和温柔不会骗人。

那次聊天之后，我想了许久如何礼尚往来，一个比较恰当的说法是，我找到了一个永远不想要结束和他谈天的人。思忖再三，决定约他去大觉寺喝茶。时间是第二年的夏天。

我把这个安排告诉他，他爽快地应了。此后我便很少和他联系，如你们所知，我忙着找工作去了。

那段时间生活的齿轮对我来说有千斤重，每推它向前一步都会让我疲惫不堪；然而对处在人生上升期的段正淳来说，生活的机器正在高速运转，以至于纵然我可以自隔绝于他，也还是会听到关于他那些风生水起的消息。后来的事情也如你们所见的那样，小说里的段正淳找了白彝族长的女儿刀白凤，现实中的那个刀白凤小姐，是吃省富商的女儿，那天我被我最想去的没有之一的公司拒了，万念俱灰之下打开微博，刚一刷新就看到段正淳兴高采烈地放了一张单膝下跪在刀白凤面前的照片，周围是一地艳红的玫瑰，红得如火，也烧得我生疼。这真的与我之前所认为的一样，像他那样的人，理所应当地娶一个这样的女孩——不需要奋斗逆袭，生而矜贵，正如我觉得这世界不是只有好女孩嫁给穷小子才对的一样，段正淳也完全不需要为了证明自己的高尚情操去垂怜一个灰姑娘，他不需要。

我躺在床上，蜷成一个球，这个动作如同下意识一般的自然，它反映着我的心如何被两种挫败揪得生疼。那一刻我在想，我要自比于秦红棉或是阮星竹吗？不，我没办法，因为她们尚且真真实实地和段正淳相爱，甚至有了女儿，我呢，连说都没说出来过。这段秘而不宣的暗恋，是他播在我心里的一粒种子，没有人逼它发芽，是我一厢情愿地洒下阳光、浇下雨水，它才在一个幽谧的地方开出了一朵小花，除了广袤却无言的天地，没人知道它曾经努力地开过。也就是在同样不为人知的时候，它静静地凋谢了。

段正淳的婚礼在大溪地办的。哦，这个人生温拿，去了我最想办婚礼的地方，真是讽刺的默契。

我们几个由于各种事情不能到现场的朋友到他家去送他，黄昏时分，宽宽的大路上披着斜长的夕阳。他潇洒地和我们挥手告别，一个飞吻之后，终于转身走了，他背对我、钻进车子的那一刻，阳光的金色洒在他肩上，让他整个人从头到脚都闪着光芒。

车子发动，车载音响自动响起来：

Look at the star. Look how they shine for you……

“当你不可以再拥有的时候，你唯一可以做的，就是让自己不忘记。”这是张国荣在《东邪西毒》里说的，我想我会一直记得那幅景象，记得他身披落日的背影。而我和他之间，永远隔着我学不会跨过的距离。

酒肉情人

关于人人网的往事已经告一段落。曾经这里酿了满满一坛子好酒，我只消轻轻揭开它头上的红纸，醉人的酒香就会四散开来，我深深一吸，那是才情的味道、江湖的味道、纯真的味道、敢爱敢恨的味道。

赞誉和辱骂如潮汐般此起彼落，他们老去，我们长大，流水的人来来往往，就这样直到一一风荷举，直到经冬复历春。

得克萨斯除了扑克和油炸奥利奥还有什么？

那里有一位杂交水稻专业的女博士。

女博士叫秦三，曾经是一个国内二本大学里的学霸，大学四年没交男朋友也没有闺蜜，啃了三年 GRE 宝书，申请季凭着一个还算不错的成绩和一篇华北农学报上发表的论文拿到了 UT 的 offer，直读博士。

那几年，在外留学的很多中国人都靠一件事打发着时间——刷人人网。秦三也不例外。

同时不例外的是，秦三自己开火做饭，作为一个小小的吃货，她的女神是老干妈。

这一天她在网上看到一篇文章，《你若入味，便是晴天》，预览里有一张茶叶蛋的照片。她一下子眼前一亮。但当她点进去，逐渐看完这篇文章，心思却早已不在茶叶蛋上了。

“卤蛋和茶叶蛋是有本质不同的，一个戴套、一个不戴套。”

开篇第一句就让秦三虎躯一震。本已是得州的深夜，她的睡意却一扫而空。“这些在我的橱柜里珍藏已久的蛋中志玲今天终于要出柜了”，“我用半发酵的乌龙茶来煮蛋，先用水泡五分钟，夺取它的初夜之后再无情地把水倒掉，留下已非处茶的茶叶放进锅里”。秦三读着读着笑出了声音，直到最后一句“余蛋谁堪共酒杯”，她的笑戛然而止。

秦三盯着那句“余蛋谁堪共酒杯”，嘴巴里不自觉地念起，“天下英雄，使君与操，余子谁堪共酒杯”。

很多年前，秦三的心里也装着一个不羁又文艺的少女，也许从爸妈小时把她送去少年宫学二胡时，这颗种子就埋下了。与那个年纪的很多女孩子不同，她喜欢看《三国演义》。很小的时候就能背出最后的长诗：“高祖提剑入咸阳，炎炎红日升扶桑；光武龙兴成大统，金乌飞上天中央……”这真是一个奇怪的爱好。她是这样一个有着硬朗情怀的女孩，高考失利到了一所二本学校之后，这些旧日的情怀只能躲藏在考托考 G 出国的大山后面，但是在那一天，这篇文风与她一样不羁的文章把这个早已踌躇良久的少女从大山深处唤了出来。二十六年了，她也想要潇洒的生活啊。

于是她加了原作者为好友。请求通过之后，仿佛一扇窗向她打开了一般，她准备开始从头翻读他的文章。

我靠，1468 篇。

这是一个让正常人都望而却步的数字，但好在秦三是一个除了玩秧苗也没什么别的活动的苦逼女博士，于是每天傍晚从实验室回到家里，她就打开电脑，一篇一篇地读过。而且她发现其实这里面有好多是非常短的吐槽、抖聪明的话。只要看到没有省略号，就可以直接在预览里读完，不消打开新的页面，这样读起来就快多了。这小千五百篇里少说有一千篇都是这样的。

她看过日志的日期，从零八年很快到了一零年，从这一年开始，这个作者开始写一些长篇的东西了。因为看了他两年多的日志，秦三知道这一年他去英国念书了。客居引人愁绪，总有怎么也说不完的话想倾诉，秦三太懂这种感觉了，可是她自己没办法像这个作者一样这么铿锵有力地表达出来，只能在看到他写的每一句叩进自己内心的句子的时候多增一份爱慕。

“你愿意相信一个人，没有见过你，仅仅是因为你的才华而……”

这一晚，秦三给作者留了言。

差不多等到国内是下午两三点钟的时候，原作者回复了留言：“谢谢激赏。”秦三的最近来访里第一次出现了这个人的名字。

她发现这个人几乎都是下午和凌晨才在网上出没，于是她也改在这两个时间段发新鲜事，然后去他的主页一下，偶尔会得到他的回访，那样的一天对于秦三来说是飘飘然的。逐渐这男人开始在秦三的状态下面回复，秦三意识到自己越是扯皮的状态越是容易被回复，于是在耍宝的路上越走越远。

有一天男人问她，你喜欢吃粉条吗？秦三想了想说：“喜欢。”然后跟了一句“难道你也”，问号还没打完，对面就发来一句“粉条铝太多，吃多了会老年痴呆”。秦三一下子觉得自己被耍了，不知如何接下去，紧接着对面又说：“所以我好害怕自己老年痴呆啊，猪肉炖粉条真好吃！”这句话让秦三如释重负，于是她回道：“没关系，你永远美丽。”男人回了她一个飞吻的表情，秦三醉了。

于是她决定趁热打铁，做点什么事情让两人的感情更进一步，这一晚，她憋了好久，写了一篇日志，名字叫作《教你做出北风卷地白草折的猪肉炖粉条》。

你们懂的，这种文章太容易在人人上流传了，更何况那时的秦三已经熟读了那个男人的1468篇日志，对于如何用这种不羁的文风写做菜教学帖的路数早已深谙于心。为了让一切看起来更像是tribute to him，她决定在里面再加一些做菜现场的照片。

日志发出来，她第一时间给男人留言："快去看，写给你的粉条。"

"我已经在看了，你真好。"

没过多久男人回复了，但这一次没有顺着文章内容扯皮，而是非常意外地说了一句"终于看见你本人了"。这可吓了秦三一跳，原来在她拍成品的时候柜子的反光把她映进照片里了。那个倒影不仅可以看见她的脸，而且连她的身材都拍进去了。

说到这里我才发现一直忘了介绍一下秦三的体貌了：我们的女博士长了一双泡泡眼，内双，鼻子不高，嘴唇倒是很可人的形状，圆润的下巴。个子一米六出头，一百一十斤。而这一切都不是那个男人喜欢的模样，男人回复她的时候流露出巨大的失望。

“不然你多发一点照片给我?”

秦三想起了他前几任的女朋友，这些事情是她顺着男人从前的日志摸出来的，她曾经找到那些女孩们的主页，然后在看到照片的时候心里的大雨瓢泼而下，她们美丽得一度让她觉得自己毫无希望，只不过那段时间男人时常和她搭话，让她忘记了这件事情能够造成的困扰。

可是现在这一切都涌了回来。

她再也没有回复那个男人，男人也并没有死缠烂打。秦三决定切断在社交网络上的活动，全身心地泡到实验里去，等到她觉得可以放下了之后，再次打开已经注销的主页，熟练地将男人放到隐藏脚印的名单里，去访问了一下他的主页，发现特别好友不再是从前的一伙朋友，而是一个女孩，明眼人当然懂，更何况她还是女博士对吧。她点进去，真应了那句话“身高一米七二，一米七都是腿”。

她关掉页面，坐在黑掉的屏幕面前待了好久，她以为自己会哭，却哭不出来。从来也没开始的东西，谈何结束呢。

那一天她做了一碗面，依然用之前起题目的口气给这篇教学帖起了名——《教你做出古来圣贤皆寂寞的兰州牛肉面》。日志发出来，很快又有很多人转发点赞，只不过她心里已经不起波澜了，窗口不断跳出新回复提示，她毫不在意，只把日记滚动到最底端，那里放了一张她的照片，墨镜，猎枪，红唇，没有笑意的面颊。

轰塌的女神

素　素

最好看的故事不能一直是岁月静好的模样，眼见高楼起、楼塌了，才会真正回味它里面曾经容纳的莺歌燕舞。你看那眼底黄金，不灭，不知是荣华。

所以女神，也只有在她轰然坍弛成无人拾捡的碎砾时，你才明白，你有多么多么希望她永远不要倒下。

她倒下了，你的目光要遥望哪里？你的胸膛将朝向何处？你的脚尖又会踏上哪条庸俗的路？

素素年长我三岁，又很漂亮。她微粗的眉毛有很柔情的弧度和不失英气的棱角。她双眼明亮，像夜晚的湖水。面上总带着笑意，这有赖她上扬的嘴角，让我也不禁笑起来。我的双眼总被她浅浅的锁骨吸引。

而她的追随者们，看到的总是她 E + 的乳房所形成的挡也挡不住的沟。

初识她的时候，她只描了眼线，我真是拜倒得脚酥腿软，因为女人看女人，尤其是像我这种还自认为懂得怎么欣赏女人的人，总是刁钻的，而当我的观察对象达到了某种高标准之后，就会比较容易地占有一个很高的地位，并使我不吝赞美。

所以素素当然是令我夸耀的。人前人后，我以素素朋友的身份为荣，但凡圈子里有点关系的人带着充满艳羡的好奇问及此事，我总会得意地说，“是的呢，我们认识。”

相识之时她已经颇具名气，而那时候我其实并不真正了解她，也就更不知道，为什么当我与另外一些富商公子交谈的时候，说起素素，他们是那样的滔滔不绝。

不过我想这应该是很自然的，素素是个留美的学生，以她的姿色，即使个子不高，也会在人群中发光。她对我说，虽然南加州的海滨不乏夜夜笙歌的场合，她却不经常参加那些 party，她只去少数的一些。我想物以稀为贵的道理当真打遍天下无敌手，她把自己金屋藏娇的这个策略实在是高招。

而她好像也真有金屋。有时她给我寄来一些照片，都是普通的生活照，可是从背景看起来，她的居所装饰得很有格调，空间也很开阔。我记得有几次她买了心仪的衣服，顺便领我看了她的衣帽间——是的，她有一间专门置衣的房间，里面当然有不少牛逼闪闪的 couture。我那时没有过问她这一切的来源，对于那个圈子里的留学生来说，自己住一栋小洋房的事情也是稀松平常，而且她那栋真的也不大。

我们认识了大半年，我对她美貌之外的东西仍没有提起什么兴趣，因为即使是那样的姿色，对我来说也是并不鲜见的。直到有一天，我看见她在豆瓣上贴了一篇日记，写明了是转载，我却依然耐着性子认真地读了。文章的原作者是豆瓣上一个有名的影评人，也许因为文章有点长，竟让我读着读着把它幻作是素素的手笔。等全文读罢，我回过神来，盯着那个“转”字，才记起这只是转载。但我又想，她能读这样的文章，能有心转载，也真是难得。随后的几天又适逢她的 final week，在 Instagram 上传了好多在图书馆温书的照片，大概也就是从那时候起，我对她的判定在美貌之外加了一条“有点才学”。

后来的一年是她的大四，课不是很多了，她就找了一些实习的工作，变得有些忙碌，但是和她通电话的时候听起来还是神采奕奕，每天都鸡血饱满，不知疲倦。我看她在公司酒会上迎来送往好不娴熟，晚礼服也穿得得心应手；

白天的时候拎着装满文件的黑色公事包，她挺着敦实的 E + 走在路上，高跟鞋的声音清脆嘹亮，像是号角。她个子小小的，却雄赳赳气昂昂。引得路边 grocery 的美国大叔都要多看几眼，他一定希望素素紧憋着的衬衫第三颗纽扣在下一秒崩开。

就这样又过了大半年，国内与我谈论素素的人已经不多了，而她依然在美国一边读书一边工作。彼时我心里面对她的评语又多了一条“务实工作的职业女性，promising。”

我们也就在晨间午后的寒暄之中相识了快要一年又一大半，感情也好了几分，我甚至向她倾诉自己感情的困扰。

她也许在学术上谈不上有何造诣，但是凭我对她的了解以及这么多年和（漂亮）女人相处的经验与直觉，她绝对是感情问题的高手。

果然，素素没有让我失望，她对待感情，既懂得强悍又善于示弱，深谙个中玄机。经她的提点，我在一次感情危机中全身而退。而我记得她教我的话，其他的都听得云里雾里，独独是那句“阿仁，你得让男人心疼你”在我脑海里回响成一记闷钟。

余音散尽，我又暗自速速对她留下“有手腕”的评语。

这样的女人，我原想着我们会一直以姐妹相称相待。直到有一天，我的朋友（们）误打误撞，领我走进了另一片天地……

这一天我在加拿大的侄子回国了，晚饭的时候我们聊起了素素。

由于辈分的阴错阳差，我的年龄其实比我的侄子还要小几个月，我们是地地道道的同龄人，也混着和彼此颇有交集的圈子。

我说："素素你识得吧，她人挺好的。"

侄子两眼放光说："那当然，素素姐姐是女神！"他的意思止于字面，他还是一个玩世不恭的孩子，他觉得 China Joy 上那些 showgirl 都是他的女神。

我端起面孔，认真地跟他说，素素不光长得漂亮，人也很能干，"你看她自己在外面，种种辛苦，都是不足为外人道的吧。"

侄子丝毫没有放下轻佻的口吻，对我说："我有素素姐姐的卡，爆乳。"

我皱起了眉头，"什么卡？"

"Model card 啊，我有素素姐的全套，高中的时候就攒齐了。诶，对了，姑姑你要是认识她，能不能让她给我签个名？"

我觉得脊背发麻。

几天之后到侄子家，他把那叠 model card 给我看。我原是做好了心理准备。正经的经纪公司为了厂商 casting 会给旗下模特做一套非常素俭的 casting card，只穿黑色内衣裤那种，我当然没有单纯到期待看见那种，但是侄子拿给我看的时候仍是吃了一惊。那是某知名男性杂志《＊＊M》周年庆出的写真卡，充满了雄性激素主导世界的审美倾向，柔滑的丝缎因为肉体的曲线而产生迷离的光泽，她脸上是妩媚的浓妆，可那早已不是重点，她的胴体才是，PS 给了她一身完美小麦色的皮肤，远比纯白性感，她有玲珑的腰肢，却又不瘦骨嶙峋，是那种想象中手感极佳的肉体。

这一套卡片有十二张，背面做成月历，俨然一份精致的商品，素素或冷峻或挑逗的表情也最终被标了一个价签——侄子告诉我，买那期《＊＊M》杂志，这一套卡片才三十八块钱。

我不禁要向伟大的商品社会致敬，它让一个绝色女子的丰乳翘臀有了批量的平面复刻品。价钱还如此划算。

当然了，我想说，作为也算是耳濡目染过大风大浪、被身边八卦碎过一地节操的人，我并不由衷鄙视野模这样的出身，现在在美空上注个册，寄点钱让他们拍几张照片的人都敢在微博上加V，标签而已。素素依然是漂亮的，这一点无从否认，这不就够了吗，何况对于这段经历，最近几年她从未主动提及，想来也是荣辱观逐渐成熟使然。我对女人，尤其是漂亮女人，素来抱有善意，因为我知道她们在这个尘世的摸爬滚打更加不易。脸蛋儿是最原始的武器，你可以举出一千个例子告诉我她们得了多大的便宜。然而，这个世界混账的地方却在于，女人越是漂亮越是被理所当然的物化，越是理所当然地被褫夺有野心的权利，越是被那些平庸脸孔说三道四，越是容易一步踏错万劫不复。

世人没有给漂亮女人太多机会。那我给，至少我不愿意让我和我身边的人看轻了她们，只要她们不看轻自己。

从侄子家回来，我打开电脑，搜了一下素素的名字，一水的香艳照片，头一张就是勒着吊袜带的浑圆的屁股。一个屏幕的距离，我觉得她又远又近——我心里依旧把她摆在一个好位置上，她现在有自己的学业事业，有些我并不了解也不愿多管的私生活；而同时她过往的经历又让她的形象近如凡人，她和其他少女一样虚荣——那是一种普遍的虚荣，无人免俗。

搜索选项里还有一个网页链接，里面是素素参加一个模特选秀的采访，问题与回答都是字典级的冠冕堂皇。

渐渐地，我疏远了素素，我们都很忙，在各自生活里钻营。

疏远与厌恶不同，厌恶需要耗费大量心力，而疏远，是最轻而易举的放弃。

疏远她的日子里我认识了一个北方某大省的高干子弟，确切地说他爸爸正是权倾该省的那几个人之一，他找我谈一个项目合作，说白了就是想让我智力入股，给他们做一个简单的 entry - case consulting。我们认识没几天，他加了我的微博，那时候我的粉丝很少，他随手一翻，看到素素赫然在列，他瞪圆了双眼、指着手机屏幕问我：“阿仁，你认识 E plus？”我点了点头。他笑了，说他没想到我这种人能认识 E plus 那种人。

我有些恼火。“我这种人是哪种人？素素又是哪种？她没有名字吗？我想你的江湖诨名应该叫 5 cm 吧？”我用这串问题回击过去，唐突又失礼，我和子弟都清楚我的不忿与他的那句话的指代义，我的反问仅仅表达我个人的愤怒。

我把我眼中的素素说给他听，我说素素现在念的学校虽然不是 IVY，但是她现在自食其力没要家里一分钱。“仅是这一点，已经高出我们很多，你凭什么在背后对一个女孩子说三道四。”

“女孩子？”子弟诧异地看着我，“你管一个大你六岁的女人叫女孩子，呵呵。”

我之前说过，我所知道的素素比我大三岁而已。

子弟放下手机，跟我说，“你知不知道多出来的三年多时间她在哪儿?”

我心里说着我不想听不要听，可是当子弟开口，我还是一字不落地听进去了。

高中毕业以后她去北京当了野模，很快认识了一个做水泥生意的富商，这个商人刚好是子弟父亲的朋友，子弟在一次饭局上见到富商带着素素赴宴，第一次领教了什么叫作“一树梨花压海棠”。

那时她在一个二本学校念书，生活费都是水泥商人给，这就是所谓的“没要家里一分钱”，大二的时候素素有了水泥商人的孩子，本来想借机上位，但是水泥商人家有严妻，只能给她五十万，让她把孩子打掉，后来又干脆把她送去了天高地远的美帝，学费和生活费都是他出。那时素素英语不好，多读了一年语言学校，又交了很多赞助费，勉强到了现在的学校。

我突然想起那个网页链接里的采访中素素说过的一句话：“很多机会都需要付出代价，我的经历都不是白来的。”我的脑海中是素素咬牙切齿说出这句话的场面。

一切剧情早已饱含深意地铺垫。

子弟说他自己没留学，但他有不少朋友和素素在同一个城市。子弟不无鄙夷地说，“E plus 小姐的确很少参加 party，那是她眼光准，去的都是关键的大趴。阿仁，你知不知道，那些趴都是有后话的，明面上的趴结束之后，一小撮人会转场到更私人的地方，什么脱衣秀、群 P，你觉得会少的了吗？我有个朋友还跟我说，E plus 的艳舞跳得那叫一个带劲儿呢。”

从头到尾，子弟一直称呼素素为 E plus，我眼睛晕眩，胸口憋闷得想吐，和子弟的中午饭没吃几口就失魂地离开，下午回到学校上课，老师在前面讲的什么我左耳进右耳出。好不容易熬到下课，刺耳的铃声一响我立刻冲出教学楼，走到开阔的路上，竭力地大口呼吸着空气，校园的道两旁叶绿荫浓，只有这里的空气最干净，而我真的需要一些干净的东西。

“钿头银篦击节碎，血色罗裙翻酒污”的日子能过多久，以我从素素的身上看来，三年。她去到美国的第二年开始了这样的生活，也是在那时她认识了我，之后的时间里，我眼看着她的面容因为饮酒、熬夜和化妆而失去光泽水润，她脸上的皮肤就像保养品广告里 before - after 里的 before 那样标准地衰老着，再多的涂涂抹抹也补不回来了。当我贴她脸很近的时候，能看见她眼角细纹上的粉底随着她的颦蹙而簌簌掉落，当然，都是很微少的，但是不知不觉，刚刚扮上的妆容，就有了空洞与沟壑，她不得不频繁补妆。

当一个女人即使睡得饱饱的，起床时皮肤也再焕不起光彩的时候，大概她的青春也就只剩点尾巴毛了。

素素开始整罐整罐地用 La Mer，这是市面上常见的最好用也是最贵的和衰老打游击的护肤品。

她内心的焦急又岂止体现在她囤了几罐 La Mer 在冰箱的慌张里？

绕树三匝，挑挑拣拣，最后她依上了属于她的一根枝。她有了男朋友，比她大一岁，条件一般——我的意思是，和那些公子哥们比，条件一般。

事情发生在去年，我去台湾待了半年，过着深居简出的生活，暑假回到上海，感觉跟这个世界的八卦脱了节似的。

子弟为我接风，饭桌上我们又聊起了素素。

他告诉我，素素跟了一个不是他们圈子里的男人。这个人子弟和我都不熟。

子弟说，他一个以前看过素素脱衣服的朋友得知这个消息之后气得火冒三丈，尽是觉得一朵鲜花插在了牛粪上。这个朋友给素素的男朋友取了个代号，叫 FC。

“仁，我跟你说哈，知道什么叫 FC 嘛，那个男的、和他身边的朋友全都是目测 200 lbs 以上的肥佬啊！FC，就是 Fatty Club，哈哈哈哈。”

几个月以后，我又见了素素，关于这个男朋友，她只跟我说了一句话：

“这是我现在能找的，最好的了。”

后来我从一些小道了解到，她男朋友其实并没有子弟说的那么寒碜，至少也是个中产，他家在国内也有点实力，但是 FC 是真的，他有 220 lbs。

素素快要 27 了，和那些十几二十岁里韬光养晦的女孩子不一样，她过早地来到尘世打滚，如今已经折腾不起了，我想，如果 FC 对她知根知底又不嫌弃的话，他应该就是素素的终点站了。

这时我才回忆起，那篇让我对素素大为改观的豆瓣日记里，最后有一句话。

“如果你问我，我也有过真心。”

《二刻拍案惊奇》里记了这样一个故事。

南宋孝宗年间，有一个生卒年不详的名妓，艺名叫作严蕊，色艺双绝，有道是“十年不识君王面，始信婵娟解误人，”严蕊和台州太守唐与正交好。而那唐与正又同朱熹政见相左。朱熹巡行台州，连表六道折子弹劾唐与正，其中言及唐、严二人有伤风化之罪。于是下令抓走严蕊，严刑鞭笞，连打了两个月，打得她数度濒死。严蕊宁死不招。说自己一介贱妓，即使和太守有染又能怎样。但是是非真伪，士大夫却容不得诬言诽谤。此话一出，朝野震动。后来岳霖做了提点刑狱，堂前提审严蕊，对她说，听说你诗文见长，我容你作词一首，把自家心事与我诉说，我便有主意。

严蕊略作思忖，当场咏出一曲《卜算子》：

不是爱风尘，似被前缘误。
花落花开自有时，总赖东君主。
去也终须去，住又如何住？
若得山花插满头，莫问奴归处！

岳霖听了之后大为感动，立即除了她的伎籍，判了从良。严蕊回得故里，嫁与一家丧了正配的宗室为妾，多年之后，终于得立妇名，善终到底。世人称此乃立心正直之报。

有人看了素素的故事留言感慨，但我想告诉他们，欲海沉浮的故事，不是只在素素身上发生。如海棠所说，混世和洗白，两件事，对聪明人来说都很容易，不大聪明的，都很难，胆子再怂一些的，两件事做都没做过，比如世界上的大部分人。

素素曾是个如花的女人，可是花开花落自有时，却逃不过下一句，“总赖东君主”。

“残山梦最真，旧境难丢掉”。

要我说，只好多睡一晌风流觉。

弯　弯

曾经用了很久时间，费尽心思地搜集倾慕你的证据；可后来，你软了气焰，跟我说那句“身不由己”。

哪怕你流一滴眼泪，我都会相信。

满屋子回荡着你狡辩的语气。

人前人后，依然会有人替我爱你，但你自己也清楚，命运寄给了你一个大大的礼包，你却再得不到最想要的那个小玩具。

有一年冬天，我去见一个小半年不见踪影的小伙伴，时间太紧，我们只有两个小时交换彼此的苹果，平均下来我们每人只能说一个小时的话，而她把自己半年来惊心动魄的情史和苦逼留学生活狠狠压缩成二十分钟，用了四十多分钟的时间跟我说一个叫弯弯的女人。

那是我第一次听到弯弯的名字，她在我个人生活的戏台上，如王熙凤一般地出场——一串子响当当的侧面烘托，先声夺人。弯弯的事迹让我觉得牛逼不已，不过四十分钟听下来，也许是我不识好歹，总之不为所动。

当时更令我受到触动的是那位曾经亲密无间的小伙伴，

从一个直发马尾的姑娘，变成了打扮时髦的俏女郎，那一刻我盯着她披肩发上的波浪卷，每一道卷里，都像是藏着小秘密，我知道她自己的故事不会比弯弯少。

她们那圈女人，都有好多小秘密，每一件都无伤大雅，每一条都值得宽恕，但是积毁，可以销骨。

在小伙伴的叙述里，弯弯参与过很多大名鼎鼎的事情，在这篇文章里我只能讳莫如深，或是添油加醋改头换面，让这些事情不要暴露了弯弯本尊。

当然有一件事情倒是可以说说，这件事情促成了我和弯弯的相识。

与小伙伴见面第二年的夏天，我被某画廊的经纪挑中，为他们一位签约画家参加比赛的油画系列作品之一做模特（别想歪，我穿着衣服，旗袍＝　＝）。比赛之后，那一个系列的油画被拍卖，画廊经纪是位年轻姐姐，拍卖会那天带我去了现场，她把弯弯介绍给我认识。弯弯跟着她所实习的公司的大老板来的。

很快弯弯就与我聊开了。主要是她在说，我喜欢听人说话。她永远不乏话题素材，除了那个我们共同的小伙伴，她聊得最多的，就是纽约。而我，当时还没有读过白先勇的《谪仙怨》。

我记得那时很喜欢她带着翻译腔的语式。某种程度上我觉得她对我很好，她跟她老板说话经常蹦英文词儿，她知道我英文不错，却不这样对我说话，宁愿用成堆的形容词说着佶屈聱牙的长句，也誓死不撂英文。她至今也保留着这种在我看来是好习惯的说话方式，说中文的时候就尽量只说中文，尤其是在尊重的对象面前。

拍卖会这种东西我去的不多，但是至少算明白了一些门道。比如那天，主办方显然深谙中国艺术品交易在民间的草莽之气（牵扯官场那些不说，单说民间这些附庸风雅的土财们），正式拍卖前的“标红”被搞得是要有多接地气就有多接地气，其中只有几幅大作参与竞拍，其他诸如画了我的那幅的小作，都是向承销画廊的代表询价购买。

弯弯领着她的老板在展馆里慢步浏览，每幅画面前他们都稍作停顿，弯弯指着画作与老板低语两三句，内容主要是讲解赏油画的入门。老板不时遇到自己的生意伙伴，弯弯的讲解频频被打断，她便又由美术老师变回老板代言人，游刃于便便大腹的地中海们之间。

我原是担心自己那幅没有销路，毕竟画我的那个画家估计在我有生之年都不会名噪的。谁料我看到弯弯与她的老板团们在那幅画前晃了几个来回，那幅画就被标了红点。

我远远地向她摇了摇拇指，她得意自豪地笑了，像一只狡黠的狐狸，我那时是真的喜欢她那机灵鬼的样子。

那几乎是我离开家乡离开儿时朋友，自己在异乡漂泊的岁月里第一次感到被赏识，就算这件事现在看起来微不足道得如同被人卖了还贱次次地帮着数钱，十几岁的我就是欠欠地没摸清门路。可我依旧为这件事感谢弯弯，还将一直感谢下去。

那幅画的出售并没有给我增加任何额外收入，只是弯弯和我都在乎它是否得到肯定。也许它现在还在那个台湾商人的家中静置，也许颠沛流转不知何处，我都不在意了。

那次之后我和弯弯就不常见面了。当时她在纽约有个男朋友，也大抵是北京阔少一类的。我经常在别的朋友的照片里看见他俩。一群人交杯换盏。Pub 里总是灯光昏黄，他们对着镜头的微笑成熟、高级，仿佛习惯了闪光灯的明星，嘴角上扬多少角度，哪一丝肌肉紧绷或松弛，早已熟稔于心。

阔少虽然成了弯弯的男朋友，但却不太为弯弯花钱。起初我觉得是阔少抠门，但后来一想，他对之前几任女朋友从来都是一掷千金，没道理在弯弯这儿犯了铁公鸡病，于是我去问似友。

似友是我和弯弯另一位共同的小伙伴，八零年生人。听我问起弯弯的事，似友颇感到意外，“你对她感兴趣？”他问道。

“也还好，你知道就说说看，我就当听故事了。”

“那我们不说弯弯，我给你讲个别的故事。”

“好，不说弯弯。”

……

似友用一个也许是他胡诌的故事把我打发了，关于弯弯和阔少的纠葛也渐渐被我淡忘。

好了半年，他们掰了。

弯弯生活的脚步却没有为此停顿下来，那时候她接了一个网站的专栏，隔三岔五写几篇文章，内容是哲学和文艺史方面的，每次把稿子交给编辑之前，她会先给我看看，我总是说她写得好，而我也确实这么认为。

因为弯弯比我大四岁，她也确实没辜负这四年的光阴，读了好多彼时我未曾读过的西哲，牛逼闪闪的名字，正中下怀的引用，总让我心生敬意——哦，还有她翻译腔的长句，用后来一个流行的词儿说，就是“不明觉厉”，相比之下我当真是 too simple，sometimes naive。

怀着见贤思齐的粉丝心态，我因循着她文章的足迹多读了很多书，比如她提到了谁谁，提到了什么学派，说起某个理论，有不懂的我就记下来自己去翻查。我猜想很多人的人生里都经历过这种事情——秘而不宣的崇拜带来求知欲，这是多么青涩又天真的美好体验啊。

之后有相当长的一段时间弯弯与我聊很多哲学与人生的东西，每次对话都不长，但于我都是欢喜的。

渐渐地，她的话题从书架子上的哲学演变为社会时事，她开了微博。

几个月之后我看到她的粉丝里多了好多微博大V。碰巧那天一个学弟告诉我，弯弯跟了一个大V搞投资去了。

Something that she should do.

于是很自然的，各种峰会、论坛和聚会上开始活跃起弯弯的身影，那个大V每次去美国都离不开弯弯的随行。现在掐指一算，那一年她23岁。

23岁的她大学还没毕业，她是大二的时候从一个州立大学转校到了某个低调牛逼的名校的，转校的时候也转一些学分，但还是要再念三年。我无心算她的年龄，就像以前素素的年龄对我来说不过是一个无意义的数字而已，直到我发现她们在年龄上做的手脚：有一次我在北京一个投资论坛上又看到了弯弯，同行的是一个大V和弯弯的师兄。师兄成了大V逢人就要引荐的新秀，风头正劲，弯弯也不遑多让，论坛上她也发言了。当介绍演讲者资料的幻灯片打在屏幕上的时候，我险些把嘴里的水喷了出来——她把自己的年龄改小了两岁，摇身一变成了90后。同时也顺理成章地隐瞒了转校的经历，好像她一开始就是名校出身。

有了素素的经验，再加上这回是事前知道背后真实情况的，我的惊讶小了一些。只是，二十分钟的演讲里，弯弯妙语连珠声情并茂，台下一直响着掌声，唯独我一个人在那片掌声里耳鸣目眩。大V们在台上正襟危坐，弯弯构思精致的语句里藏着一种情态——那是一种有过一次就无法掩饰的情态，尽管弯弯这个聪明的女人藏得很好——那种取悦逢迎的样子。

有段时间我认识了一个人，他的职业比较特别，一旦说出来眼尖的朋友就会顺藤摸瓜猜出一连串人的身份，所以我姑且只给他起一个化名，徐琼木，借他的口，我要说说弯弯是怎么“轰塌”的。

我因为某些原因和徐琼木认识了，几次见面之后，我和另一位朋友一起去到徐琼木的住所，那是一间格局复杂的复式公寓，楼上书房旁边有一间暗室。徐琼木用一种领着小孩子拆礼物一样的得意神情为我们打开了暗室的门。

我倒吸一口凉气。

三面墙，满满的都是合影。他和女人的合影。裸体的、他和女人们的合影。仿佛是肉欲帝国的版图，这些照片恣意横陈。

当中有一张，我看见了弯弯。

我真希望自己瞎了。

徐琼木看到我的目光停留在弯弯身上，志得意满地告诉我，弯弯刚到纽约的时候是只 party animal，可是虚荣是要花钱的，而且很费钱，她需要一笔钱去粉饰。于是她跟徐琼木借了钱。

“没想到她从一开始就没想着要还我钱。有一天晚上她主动来我家，进了门就开始脱衣服，一边解扣子一边问我，这样够还你钱了吗？”徐琼木摸了摸照片上弯弯的大腿和屁股，如同欣赏战利品一样，眯着眼睛说：“你们别看她人多的时候一本正经、满腹诗书的样子，在床上，啧啧，劲儿着呢。之后三个月，整三个月，她真是随叫随到啊，哈哈。你看，这儿还有好多张。”

我狠狠地瞪了徐琼木一眼，可是他怎会理解我心中的愤懑。

“她借了你多少啊？”同行的那位朋友问。

“五万。”

我的心跌了一跤。

“哦，是人民币。”

这下跌了个稀碎。

晚上回到家，夜幕四合，那些照片仿佛梦魇，挥之不去。我闭上眼睛，突然想起那回说起弯弯，似友跟我讲的故事，我原以为是他为了打发我瞎编的，他是这样说的：

“全国哪里的人最需要为自己充门面？你以为是我们所在的上海吗？让我告诉你，要面子和充门面还是不一样的。要面子是就着仅有的条件经营生活，充门面是搬来本不属于自己的东西撑场，你感受一下。

“我告诉你，是北京。没有别的地方比那里更能让人深刻体会官大一级压死人的道理。那里京官遍地——因为那里本来就是京城啊。在京城最难的不是从底层爬到中层，而是一部分不安分的中层阶级想要跻身上流社会。

“我知道一个与咱们父母年纪相若的女人，早年是个知青，后来嫁了人，她丈夫窝窝囊囊工作了十几年，也只能勉强让她过上中产的生活，可是她是想当贵妇的人。于是希望全放在了女儿身上，她几乎是举家供女儿出国读书，每次通越洋电话都催促她尽快钓到金龟婿。她女儿费尽心思在国外应酬交际，被道行更高的男人玩弄过，好不容易找到了个阔少，结果一上床阔少发现她是个烂货，原本念她出身名校，可以当个稳定相处的女朋友，这一来是肯定不想了。但是阔少有头有脸，也不想被人说自己没眼光找了个那样的女人，只能耗着，等过了一段时间就以性格不合这种万能原因分手了。”

我突然觉得一切都连贯了。

“一切故事都早已意味深长地铺垫好了。”

我想弯弯的人脉也真的是很广，以至于不断有朋友在我耳边讲起她的事情，这些飞来的只言片语好像预先准备好的拼图，在我发现弯弯的成长史之后，拼凑成一幅完整的图卷，告诉我她是怎样走到今天这里。

到今天为止，弯弯仍然是小有名气的女神，依然每天传播自己的价值观，每天渲染自己的品位。甚至当她在我心里倒塌之后，我还是不能否认，仅就是这样的她，也足够在很多人眼里继续女神下去了。每次想到这里，我打字的手就会停下来。如果真的是这样，那么我写她的意义何在？如果说素素的故事尚且揭露了某一群有过黑历史而今洗白了的野心家，那么弯弯呢？难道我是为了让她们受到口诛笔伐吗？

我想，我只是很个人地在表达一种悲戚吧。

客居求学的日子里，如果身边没有让你高山仰止的人，是很迷茫的，幸运的是，我的身边一波又一波地涌现美好的女子，她们在各自的领域都是能够脱颖而出的人才，有优雅的举止和深刻的言谈，而且，她们都很漂亮都是美人儿。

“匹夫无罪，怀璧其罪”。

这些女人都是深谙入世之道的聪明人，都是红尘里打过滚的大雅大俗之人，所以当然不会“美而不自知”。既然美而自知，资源当然应该得到最好的利用。于是“女子无罪，貌丽其罪”。

尤其当她们读了些书，变得有理有据之后，一切离经叛道都仿佛值得颂扬。

弯弯曾经非常骄傲地跟我说她追求自由和解放，甚至在性方面是个绝对的女权主义者。她拽了一大堆名词，如她往常一样，引经据典，翻译腔。

去他妈的性解放。别用自由这个词可以吗，你这是骂自由你知道吗。

我心里是这么想，但我没说出口。我那样珍惜的女人，那样盼着她好、为她的欢喜而欢喜的女人，竟然连羞耻都没有吗？她依然这样振振有词吗？

美好的肉体即使老去也葆有风韵，可贵的品质即使贫穷得草野泥途也不会沉沦。可是人性的沉沦，如同水往低处流一样理所当然。弯弯没有做错什么事，这一秒钟，有人窃钩有人窃国，真正断得清的是非曲直有多少呢。倒塌的神像扬起阵阵烟尘，曾经我所相信的一些朦胧的东西却在纷乱的这几年中愈发清晰，也更显得珍贵。

我知道她们这些秘密的时间都是夏天，是闷热躁动的季节，但在我的家乡，夏天亦是多雨的，所以在我对世界的印象里，夏雨会带走令人病痛的热，送来清凉与微风，这种惬意会让人通体舒爽，并在明媚的蓝天下决心做个好人，不辜负这最美的光景，不低头。

芸 芸

“女人对她们的迷恋奇迹的少女灵魂又知道些什么呢？他们的梦想是脆弱细小的白色花朵，现实呵出的头一口气就足够使它枯萎。”

——茨威格

芸芸曾经是一位万能女神。

我一直觉得姿色这件事见仁见智，虽然在我眼里她勉强有个六分半，但不妨碍仍有屌丝男士跪舔她，而又因为这些跪舔她、捧她臭脚的人士之中不乏 MIT、Oxford 这种顶级名校的学子，芸芸的身价也仿佛水涨船高，至少她自己这么觉得。

姿色以外，芸芸是一个学习起来凶狠得近乎丧心病狂的学霸。她就读于国内某排名第一 T 队的大学，我们就姑且简称之为某 T 大好了。据她自己说，每当期中期末考试周的时候，她都闭关读书，不见来客，废寝忘食这都是标配，时不时地搭配她微博上传的药盒药罐的照片，宣告着她吃得苦中苦的坚忍品格。

努力用功以外，万能女神也是个生活品位家。朋友圈里经常见她分享珠宝和花卉的美图，每一张图都配上评论，鲜花宝石都难以取悦她，那些字字珠玑振聋发聩的评论里，九成九的不屑和讥笑。我觉得她说那些话时底气十足，传闻中，她有一保险柜的珠宝。

如果说那些远在天边的事都无从考证，有一样则是我亲自试过的——万能女神烧得一手好菜。

那天我去她那位于使馆街的租屋，一间五脏俱全的公寓，她做了一桌子家常菜。而家常菜，是颇考验手艺的。吃人家嘴软，我给她打八分。

一直写到这儿，芸芸的故事还没开头呢。

而我想说的是，芸芸是个可怜的女人。年近二十八，她早年的盛气都日薄西山，曾经拱手交付的真心渐渐冷却，如今硬生生镀上一层外强中干的箔，却薄脆得如纸一般。

如我之前说的，万能女神就读于那个 T 大学，不管景气如何，根正苗红的那个 T 大学的文凭都至少能够保证芸芸在她的城市安身立命，尤其是，如她自己所言，她在学校里是如何的风云。可偏偏她所立志的，不是进五百强外企，不是进机关进央企，不是自己创业搞投资，而是，嫁入豪门。

先听听她想要嫁入豪门的理由：

“阿仁，你说，女人总得找个和自己相衬的吧，你看我起点都这么高了，想要嫁得体面风光，也算是基本要求吧。

我也没贪心到非得找个香港霍家、李家那种地位的，总归是家大业大、资产过亿什么的才好，我真的觉得，这要求也不过分，你说呢。”

我无语了。

她的逻辑某种程度上让我觉得坚不可摧，可能在从很开端很开端的地方就有了一个 bug，但是我一时间无从回答，只有凝噎。

顿了好久，我终于回了她一句，“我祝福你”。

我是真心的。

她大一的时候被骗过。

虽然她长我几岁，但那时她毕竟才大一，我用现在的自己的眼光去看那件事，只觉得她像是个傻丫头，可怜兮兮。

事情是这样的：一进大学，她忙不迭地参加各种联谊活动，认识了一堆所谓高富帅，即使有些鱼目混珠的家伙，不过她还是挑中了一个真货——江南某地产公司的小开。所有的家世显赫，所有的一表人才，都集中在了这枚小开身上，小开比芸芸大三岁，真是万事如意。芸芸积极地热络感情，一来二去，也算是和小开确定了交往关系。

三月开春，草长莺飞，一个交配的好时节。

小开约芸芸清明假期去自己的家乡。

一切烟雨如梦。

芸芸幻想着二人信步水乡栈桥，幻想着步入他家的富丽庄园，幻想着与他的父母初次见面，她酝酿了十九年的温婉贤淑、蕙质兰心，终于有了用武之地。

山长水远地到了小开的家乡，简单地走了走景点之后，他就安排两人住进了一间五星级酒店的大床房。

没有见到小开父母，甚至不知他家庄园的大门朝哪里开，芸芸忘记了此行的目的。而是在小开的温柔攻势下，把自己交付给了他。

第一次，据说突出一个疼。

第一次受骗也是。

回到学校之后芸芸和小开延续了甜蜜，过了几个月开心的日子，转眼到了毕业季，小开去了欧洲，这是回去继承家族产业之前最后的狂欢，当然，没带上芸芸。

“原谅我这一生放纵不羁爱自由。”——小开给芸芸最后发的短信。

也许这里面有爱情，但你管它叫“骗炮”，我觉得也无何不可，甚至更贴切吧。

时间轰隆隆地驶过，芸芸依旧走在她嫁入豪门的理想大道上。

这一次她遇到了一个澳大利亚籍的华人 Terrence。

T 先生并不算才华横溢，也不那么风流倜傥，但是中肯老实的长相还是帮他赢得不少红颜芳心，他年少时辜负了不少姑娘。情况在 T 先生和芸芸好了之后仍没有明显改观，T 先生外边的桃花依旧鲜艳招摇。

芸芸明知这一切，却心甘情愿地忍气吞声，在外人面前粉白脂红地笑着，为 T 先生也为自己撑场面，圆说着千疮百孔的关系。她是那样的安于寂寞，有大半年，她离群索居，白天在学校上课，晚上回到 T 先生和她的租屋（她已经不住宿舍了），偶尔会为 T 先生做晚饭——如果他回来吃晚饭的话——而大部分时间，他都是深夜才酒气招招地回来。

芸芸对这一切只有冰冷而无奈地接受。因为每个月 T 先生会给她一笔生活费，房租也不用她支付，这样一来，她的生活体面了很多，不用和其他女生一起住木板床的宿舍，不用在公共洗漱间里梳洗，租屋的宽敞甚至可以允许她傍晚做瑜伽，每当梵音响起，她都觉得自己是不俗的、脱离了平庸的。

那段时间她已经没有什么朋友了。不是大家抛弃了她，而是她不再屑于和学校里那些她认为幼稚兮兮的小孩子一起浪费时光了。她只跟几个人联系，比如在美国的阿 D 和上海的 Raymond，两个青年才俊，出身名门。芸芸觉得这种朋友才是值得相交的、体面的朋友。我认识 Raymond，关于芸芸的事，从他那里听来不少。

“她也怨啊。”

R 说，有几次她在 T 先生的微博上和几个加 V 的美空大模吵起来了，大模都是和 T 先生互粉的，T 先生发几张法拉利的照片，她们就立刻扑过来回复，各种可爱卖萌的表情各种笑脸，平时芸芸都睁一只眼闭一只眼。有几次她看到某个名字频频出现，语言愈发挑逗，实在没忍住，劈头盖脸地骂过去，大模自知理亏，被噎得不敢出声。而 T 先生也觉得惭愧，每次发生这种事情就送芸芸机票，让她去国外度假，芸芸就这样把东南亚和欧洲逛了个透透。外国的月亮圆，外国的海风爽，不在国内的日子，她也落得惬意——眼不见心不烦。

可是每次回国之后，迎接她的总是 T 先生如大姨妈一般的周期性花心，芸芸哭过闹过，与 T 先生分分合合，终于有一次 T 先生的朋友，和芸芸聊天时说漏了嘴，告诉她 T 先生订了一枚三克拉的戒指，估计这两天就会跟她求婚了。

这应该是芸芸离“守得云开见月明”最近的一刻。

于是在这个千钧一发的关口，芸芸决定作一下。

她的方式是再闹一次，让他哄自己回来，然后得意扬扬趾高气扬地答应他的求婚，如此一来，在今后的日子里，她便占据了有利地形——她是他千辛万苦求来的新娘，他理所应当地善待她。

于是芸芸又拿着鸡毛蒜皮的小事向T先生兴师问罪了。

No zuoing，no death.

T先生最后忍无可忍，走了。那枚三克拉的戒指后来被他在夜店里随手送给了某个大蜜。

芸芸被赶出了租屋，落魄地回到了学校的研究生宿舍，蜷在床上哭了整整一星期。

以前听人说，有一种百发百中的失望，叫作未开口的承诺没有兑现。

如数千发芒针穿心，彻腑不绝的隐痛，你却发不出一点声音。就像刘嘉玲在《通天帝国》里演的武则天，怀里捧着断了气的上官。

芸芸不断地和阿D与Raymond哭诉，“承诺到需要实现的时候没有兑现，就是背叛，就是背叛！”

第七天她醒来，下床到公共洗漱间洗脸，洗漱间污浊的大镜子里她望着自己的脸，她虚岁二十八了，眼角因为常年的哭泣而下垂松弛，唇色不再粉嫩鲜红，脸颊也失去了光彩，她使劲儿往脸上扑了几把水，又失魂地回到屋里，她想起河南老家破旧的房子，想起家中臃肿俗气的老母亲和只知道抽烟喝酒的父亲，想起第一次 T 先生给了她生活费之后，她拿着钱回家给她的爸妈时自己傲气的样子，不由得强打精神把脸上的水珠擦干，对着梳妆镜小心翼翼地涂抹好护肤品，又穿上 Miu Miu 的裙子，出门去赴约。赴约之前，她还给我、阿 D 和 Raymond 发了短信："求介绍男朋友。"

后　记

孔尚任的《桃花扇》里有这样一段唱词：

俺曾见，金陵玉树莺声晓，秦淮水榭花开早，谁知道容易冰消！

眼看他起朱楼，眼看他宴宾客，眼看他楼塌了。这青苔碧瓦堆，俺曾睡过风流觉，把五十年兴亡看饱。

那乌衣巷，不姓王；莫愁湖，鬼夜哭，凤凰台，栖枭鸟！残山梦最真，旧境难丢掉。

不信这舆图换稿，诌一套“哀江南”，放悲声唱到老。

第一次看到这段唱词，盯着那句“眼看他起朱楼，眼看他宴宾客，眼看他楼塌了”，久久失神。有一天清晨，郁结在心中的话终于肿胀到不得不说，于是我打开文档，开始写这个《轰塌的女神》。

我们这个时代，国仇家恨留给公知和五毛去愤愤不平吧，小人物的欢喜与哀愁就让我这样的小女子来说道说道好了。

三人之中我与弯弯的交往最密切，感情也最深（都是曾经了）；芸芸与我交情最浅，你们读的时候应该也能发现。有不少人留言或者私信问我，这些事情是不是真的。我真的不想再回答了。

如果我告诉你，素素、弯弯、芸芸，可能就是某个你每天跪舔膜拜的女神呢？

又如果，我告诉你，这些全是我一枕黄粱梦呢？

真真假假，戏里戏外，其实不用分得太清。

到今天为止，这个系列的帖子里转发量和阅读量最大的是第六篇[①]。第六篇的结尾是我整个“轰神”里最想表达的（如果那些喜欢这一篇的朋友，也是因为同样的原因喜欢并分享了它，我会由衷地开心）——女神的倒下固然值得惋惜，但这不是我们选择堕落的理由。

赤子之心，永远不要放下。

---

① 《轰塌的女神》原文创作时曾连载在豆瓣和人人网，这里所说的第六篇是指连载的第六部分，即《弯弯》的结尾。

丽丽的季节

每年天冷的时候，也是东北男人犯愁的时候，因为但逢此时，他们要向东北女人表达心意最好以及唯一好的办法就只剩下了，买貂。

我们大连人平时总不屑于说自己是东北人，你若去问你身边的大连朋友，人家只管自己叫大连人，甚至不提辽宁。但刚刚我上街逛了一圈，接连看到老中青三代的女人们穿着或长或短的貂，我明白了，大连，终究是东北不可分割的一部分。

——仅以此文献给陪伴我成长的大连老娘们儿们。

钢琴教师

丽丽是我钢琴老师，四岁开始，由她来教我弹琴。她刚来我家的时候，才二十岁，今年再见到她，已经十八年过去了，她成了地地道道的“三八”妇女。

小时候每周要学琴三个小时，每周妈妈付她三百块，她还是音乐学院的学生，这对她来说已是不菲的收入。在我那个年纪，大连学钢琴的小孩子很多，但一般都是去少年宫之类的地方，可是那里的老师多是退了休的小学音乐老师，一个个体如硕钟，却一点没有一个老人的慈祥神态。最开始妈妈带我去少年宫转了一圈，我记得，沿冰凉的镶碎石的台阶走到三楼，在阴森狭长的走廊尽头是钢琴教室，而走廊上贴着一排五幅老师的照片，旁边苍白无力地配了四个字“教师风采”，可上面尽是些老太太的照片，个个如金刚怒目，狠狠地盯着我。后来出来了一个用鼻音讲话的老女人，文眉毛，戴眼镜，脸上的赘肉快要垂到胸上，胸脯快要垂到肚脐。妈妈跟她说了两句，我捏了捏妈妈的手，然后我俩夹着尾巴似的一路小跑逃出了少年宫。“妈妈，有没有不这样的老师?”

大概一个月之后，我妈也是煞费了几番周折，托了朋友的朋友的不知多少层朋友，找到了丽丽。我记得她第一次见我的样子，天蓝色细格子花纹的连衣裙，刚刚过膝，银色的厚底凉鞋，亮闪闪的，是那时最时髦的样式。她素面朝天，因为微笑脸颊上泛起健康的红晕，身上还有种茉莉香。她看起来是这样文静，一开口却把我和我妈晃了个趔趄——

“这是阿仁吗？这个大耳朵怎么那么肉!”

然后以迅雷不及掩耳之势搓捏了一下，接着用她那仿佛抽了三千年烟的嗓子说：“哎迈，受死了。”

以我自己的经验，小时候凡是被领出去见了外人，总是会被客套地称赞一下长得可爱、眼睛大云云。可头一次被人谈论了耳朵。长大一点之后，我问丽丽为什么当时一下子就看到了耳朵，她说小孩子学琴听力很重要，古典钢琴很讲究和弦与多音部的层次，这恰恰是中国人的听力不擅长的。中国人是旋律型耳朵，对应的乐器是二胡。

“听力好不好和耳朵什么样有关吗?”我狐疑地看着她。

“听老人是那么说的，不知道有没有科学道理，反正你的耳朵是我见过的小孩儿里最周正的。我当时一看那么肉，就想搓搓。”

我就懂了，和别的大人爱捏我的脸一个意思。

后来的时光证明丽丽那没有依据的理论是对的，我的确听力很好，甚至嗅觉触觉都很敏锐，可这都是因为视力太差了。

哦，对了，她的嗓子，这才是重点。一个打扮清纯的音乐学院女学生，身材瘦小，却是个妈妈桑一般的烟嗓，实在是有种配音配错了电影的感觉，甚是出戏。她跟我妈妈说她小时候喉咙发过炎，没好好治，留下的。我妈反正很容易就信了。两年之后，我在她家里弹琴，看见她在阳台接电话的时候叼了一根烟。她知道被我发现了，也就不隐瞒了。

“我十九岁开始抽的，嗓子本来也不好，跟你妈妈说的也是实话。你不是总说我身上的茉莉味儿好闻嘛，都是涂的香水，怕你妈担心我把你带坏了。”

她又习惯性地搓了搓我耳垂，说话间她又拿出一根细长的烟，淡绿色的烟盒和瘦长的烟型与我在爸爸那儿惯见的不太一样，点火的时候她眯着眼嘬了一口，接着说：“我爸妈就抽，他们年轻时在伊犁当知青，日子最苦的时候有个当地的老人可怜他们，给他们自己卷的烟抽。回来之后有了我，断了几年，我懂事儿之后又开始捡起来。他们也不反对我抽烟。”丽丽的爸妈一个是造船厂的车间主任，一个是大学图书馆的管理员，有时候在她家里能和两位老人打个照面，他们若是知道我周末来，都会把家里打扫一下，尤其是盛烟灰的各种容器，都清干净。我感觉得出他们还是有些保守的老人，竟没想到抽烟这件事上也愿由着丽丽来。

那年夏天她二十二岁，到了我和她分别的时候——她要去沈阳读研究生了。那个暑假我只要有空就去她家，一半是为了弹琴，一半是为了多看看她。她是出现在我生命早期的美丽女人，漂亮又直率。她低头讲谱子的时候睫毛微垂的弧度，脚踩踏板时纤细的小腿上因为用力而产生的线条，还有她几乎不重样的各式连衣裙，都有一种得体优雅的美丽，只要看着，就让人有种说不上来的欢喜。

沈阳十年

丽丽走后我换了两个钢琴老师。随着年岁渐长，我和两个老师都意识到弹琴不是我应该坚持下去的事。而丽丽虽然不再教我，但毕竟家都在大连，她若是得了假期回来，我偶尔也还是会去她家看她，和她聊天，我们之间少了师徒关系，倒也不尴不尬。我小学四年级之后便陷入了天赋的瓶颈，实在是没有被老天爷赏钢琴这碗饭吃，而且因为这个瓶颈在，原本钢琴的乐趣也被消磨了，我开始对自己越来越没有耐心，越是急躁就越事倍功半。

那年冬天，出了正月，我去找她，跟她说我想要放弃钢琴了，因为与此同时，我更多的潜力在数学方面被激发起来，那时有个不成型的想法也一同告诉了她："学校要办个奥数的补习班，上课的是个带六年级班的老师，据说教得好，我想去。但是上课的时间是周六上午，那样的话，就不能上钢琴课。"

"想好了吗？喜欢数学吗？"

"嗯……嗯！"她问得快，我全凭直觉回答。

"那就跟你妈说吧。学数学也对文化课有帮助，说吧。"她的嗓子像是又多抽了两千年的老烟，不过嘛，反正三千年老妖和五千年老妖在我这个人类看来，都是一样的。

受了她的鼓舞，开学前我跟妈妈说了这件事情，她同意了。帮我参谋了这件事之后，丽丽也要回沈阳，继续她的学业，那是她研究生的最后一学期，临走前我问她毕了业回大连吗？她笑着对我说，恐怕不会了哟。我问她原因，她却依旧只是笑笑，"一个你长大了才能明白的原因。"

那天她背倚夕阳，身后是绛红色的光晕，我抬头看着她微微上扬的嘴角、弯弯的眉眼，挤出一个佯装幼稚的笑容回应她。“还不就是恋爱了”，心里却是门儿清。丽丽从来就没有什么复杂心思，她总跟我第一次见她时的那身连衣裙一样纯净，是很好懂的女人。

她那次去沈阳，再回来就是六年后了。六年时间里，我念过了小学，到了中学，眼瞅着初中最后一年也要结束，周杰伦从“台湾小天王”变成了真正的“华语流行音乐天王”。直到这时，才从妈妈那里，听到失联了六年的丽丽的消息。

“亏得你当时没跟她接着学琴呢，指不定被带坏成什么样子。搞音乐的太容易被带坏了。”妈妈以一番不容置疑的开场给丽丽十年的沈阳漂泊盖棺定论，她也不许我再去找丽丽，可我按捺不住好奇，这些年究竟发生了什么。

后来我念了高中，有过一段叛逆时期，心里满是少年硬拗出来的愁滋味。有一天鬼使神差的，跑去丽丽家了。她看见我愣了好久。没错啊，她走那几年正是我发育的时间，恨不得一天一个模样，从前我得仰着头看她，而当我再次出现在她面前，她已矮我半头。三十岁的丽丽模样却没大变化，只是掩不住的疲累相，头发也不像年轻时那么光亮了。我进到她房间，倒还是从前的样子，我坐在我过去常坐的地方，和她聊起来。

“你是不是去念研究生的时候谈恋爱了？”我想先验证一

下自己童年的猜想。

“嗯。事情都是从那个时候开始的。我喜欢上沈音的一个乐队贝斯手，他不是我们学校乐队的哦。厉害的乐手都不进学校乐队的。”她说着，脸上还是有骄傲的感觉。

她以前跟我说过，她最喜欢崔健，崔健的小号吹得极好，她一直以为自己会迷恋上一个小号手，没想到有一天阿文抱着一把便宜吉他，给她弹了一段《花房姑娘》，她就痴了。

我跟丽丽说，我对崔健的印象就是“一二三四五六七”，就没了。她用MP3打开了《花房姑娘》，这就成了我第一次听崔健的歌。

牛逼。

丽丽很高兴我喜欢，花了一下午时间跟我讲崔健，讲《花房姑娘》的正确打开方式，倒是对她和阿文的事讳莫如深。其他的事，是我这几年陆陆续续拼凑起来的。

阿文的吉他和贝斯一样好，但那时弹吉他的人多，为了组乐队，他只能当贝斯手。与我的没有天分相反，阿文就是那种祖师爷给饭吃的音乐人。丽丽知道阿文的家境，只是锦州边上一个农村家庭，但丽丽从不多管他家里的事，在他们成长的年代，是举国上下最浪漫的时期，恨不得人人都有颗摇滚心，“女生不爱钱，男人不怕死”，爱了就是爱了。好在阿文很出息，不光贝斯好，还有一对儿“立体耳朵”懂编曲，没过几年，就在沈阳混得小有名堂。

他们两人既是生活上的伴侣也是事业上的知音人。有了丽丽这个缪斯，阿文写出了好多歌，丽丽毕业之后去了实验小学当音乐老师，唱片景气的日子里，他们在沈阳买了房子。

丽丽很自信有一天、而且是很快的一天，阿文就会娶自己。她等着，每一个节日、每一个重要的纪念日，哪怕是每个天气稍稍晴朗的日子。而她最终等来的却是一次长谈。

“阿文从老家来沈阳前夕，就在当地找了一个媳妇，有个儿子。”

再次回忆那些事情，丽丽的神情已经很平淡了。阿文说，他那时要离家来沈阳学音乐，就只能听从父母的安排。他知道自己不管会不会在城市里找一个真的爱的女孩儿，但乡下那个，这辈子是辜负定了。

他告诉丽丽，和她在一起之后，他曾写信回老家，要离婚。可是那女人当然是一哭二闹三上吊，阿文的父母念着孙子，也劝阿文不要离婚。几次努力之后，阿文也终究是无可奈何，他最不想辜负的就是丽丽，却只能在几年之后把这些据实以告。

“阿文说乡下的女人不许离婚，他可以和丽丽在沈阳一直同居下去，可是我们一辈子都抬不起头了；于是他让我离开他，趁着年轻再找一个好人嫁了。

你知道吗，那时我们在一起四年多了，他还没有碰过我的身体……我是说，他亲过我，抱过我，但是没有……没有。”

丽丽后来再没回大连原来也就是因为这事儿，没有名分，和一个男人谈了那么久恋爱这事儿怎么和爸妈开口呢。就算爸妈不说她，七大姑八大姨的悠悠之口又将怎样，想想就是脊背发凉呀。她说她当晚就离开了住的地方，本来阿文是要把房子留给丽丽，但是丽丽当时完全气蒙了，拎着包冲出门去不见了踪影。她说那是她走在沈阳的街道上，这个城市她待了好久，到那一刻才发现如果不是和阿文相依相偎，独自走着，街道那么宽，夜那么深。

她浑浑噩噩过了两年，当中一年因为音乐教研组的同事背后说她坏话和人家打起来，险些丢了饭碗。

“老姑娘，挑三拣四，大学时候一起那个小瘪三是不是发迹了就把她甩了。”

这样的话，丽丽是断然忍不了的。

“其实那几年爸妈催，朋友催，着急的时候老姑娘老姑娘的也叫了很多，我倒不是为这个冒火。我是受不了她说阿文不好。我自己也没想到自己能爆发成那样，我听不了别人说他坏话。那些人都不懂，阿文是真心心疼我。刚去沈阳的时候，你是不知道那里冬天的冷啊，据说还是前后几年最冷的一个冬天。我习惯了大连的冬天，到了沈阳没扛住，冻病了。我在床上躺了一礼拜，阿文就在床边守了一个礼拜。我病好之后，他送了我件貂，说穿了貂就不冷了。

“他唯一觉得遗憾的是，那时候我们都还不是特别宽裕，他省吃俭用只能买一件过季的款式，但你看，到现在再看，是不是也不赖?”她说着从柜子拿出那件貂绒大衣，浅灰色半长款，下摆带一些自然毛色的花纹。很素净，绝不似常见的深褐色那样摆谱感爆棚。

两年之后，丽丽还是回去找阿文了，冥冥之中两个人就是分不开的。即使隔了两年但只要再相见，千般情意又接续起来。丽丽怕自己晚上会恍惚，故意挑了白天的时间去找阿文，就在人潮拥挤的地方，两个人抱住，就像从没分开过一样，丽丽号啕大哭，“我还想要爱啊，我还想要爱啊!”

中年的春泥

那之后他们卖了沈阳的房子，回到大连。丽丽去了一所新的小学当音乐老师，他们把阿文在乡下的孩子接到大连，父子俩住在一起，而丽丽就住在自己家。丽丽把全部事情和父母说了，父母说什么也不同意他们再来往，丽丽就绝食。最后被送进了医院，老人只能妥协。

“这么多年，你不苦吗?”我问她。

“最苦的时候反倒是自己过的那两年，觉得无依无靠，觉得没个知心人。有的时候，我晚上去酒吧喝酒，看着男男女女，灯红酒绿，有人一掷千金，有人撒泼耍猴。舞台上也有乐队，真差劲儿，水平这东西和时代无关，对吧。慢慢唱的歌我也不熟了，真是怎么都没意思，心里就像空了一块儿。以前那种积极向上的模样找不着了。我想了想，名声和他，我还是选了他。人活着，哪怕没脸没皮，也不能缺了半块儿心不是?

“其实阿文也苦，他再没回过老家，可是也不能去见我爸妈。最近这几年老人家身体不好，有几次病住院了，阿文知道了比我着急，好几次话到嘴边又被他咽下去了，我知道他想陪我去医院看看，但是他觉得有愧，没脸见他们。

“两个人为了一件事一起吃苦，苦也不觉苦了。”说着她笑了，依然是背倚夕阳，身后是绛红色的光晕。

真要是下了决定，后面的事情肯定也做好准备去面对了。

之后几年音乐圈不好混了，阿文用积蓄开了个吉他学校，来学的都是十几二十岁的小伙子，学来都是为了耍帅和追姑娘，耍帅的也是为了追姑娘。丽丽继续当着老师。寒暑假的时候偶尔来吉他学校看看，阿文话很少，但学生们都知道，那个夏天穿着素色连衣裙、冬天穿貂也不显臃肿的阿姨，就是他们老师心爱的人。

上了大学之后，我加了丽丽QQ，方便联系，她的QQ昵称是“春泥”。如今的她脸上多了些岁月痕迹，眼眶深了，总咳嗽。倒是因为没生孩子，身材还没走样，有几次我放假回家，她还要我去跟她学做饭。后来我知道她是想让我带一带她几个成绩不太好的学生。

有一年我问爸爸，搞音乐的真的都不是好人吗？

爸爸告诉我，八九十年代，年轻人心里都有个摇滚梦。那时候人单纯，生活简单。单纯又有梦的人也不容易坏到哪去。他给我听了另一首崔健的歌，《迷失的季节》——

太可惜也太可气　我刚刚见到你
你是春天的花朵　长在秋天里
为什么没有人告诉你　这个迷失的季节
你说你其实已不在乎　你还说　你愿意
你说你愿意　在这迷失的季节里
你说你其实已不在乎　你还说你愿意

我的流浮山

我们所钟爱的那些曾经游览过的地方，总不是完美的。任何一个地方，都有它的可爱与可憎，可是作为一个散心游玩的地方，我们的心境才是主题，不能让地方玩弄了你，应该是你去赏玩一个地方，不然再好的山水也变成囚笼。天地的美妙，只在乎你如何看它，佛印和苏轼的轶事里不就是那么说的吗——你是美玉，便见得美玉。

新界以西，沿着流浮山道一直行到海边，便是流浮山。每次去必选在清晨时分，除了为吃到每日第一担的新鲜海货，也为了看看那里的活力。

以前提及香港，总最先想到中环衣着光鲜笔挺的professional人士，或是银幕上洋气时髦的明星，这些是香港百年间用心打造的对外形象。而来到流浮山，却可以看到另一种香港的样子。

清晨堤岸边上已是忙碌景象，渔人从刚回来的船上卸货，成桶成桶的鱼装在推车上，推渔车的人肌肉紧绷，疾步快行，只是看到，也会被这种活力感染。质朴的样子既不能造作，也骗不了人，流浮山的渔人不像台湾酒家的主人那般热情、亲切得令人无所适从，也不完全的冷淡、图利，他们对待客人有一种非常精妙的距离，不远不近，不卑不亢，这时常令我认为他们并没有待客如上帝，而是当成平等的朋友，“我有些靓货拿来给你，如果你懂得赏识，我便会很高兴，这是我的本事，也是香港的骄傲。”我最喜欢他们怡然自得的样子。

很多人把鱼虾贝类统称为海鲜，其实海鲜和河鲜差别不小。除了水域的咸淡，温度与湾流也是造成肉质差别的重要原因。海鱼为了御寒，脂肪多一些，肉便更软滑一些，但是海鱼肉里的脂肪是有益的脂肪酸构成的，所以也不怕吃多了会胖。同时它的鱼骨更加强劲有力，吃到身体里也仿佛能增益不少；河鱼不需要努力对抗海水潮汐，不那么“sporty”，所以肉质较海鱼紧而硬。可是这两种软硬的不同并不会造成优劣的差别，肉质鲜润的海鱼烹调起来需要十分注意把握火候，调味原则也是尽量不要过重以免抢过原味风头；而河鱼却可以经得起红焖、油浸等做法的考验，调味的变化也多了很多。真正不好的硬质肉是养殖造成的，不管河鱼海鱼，一旦开始养殖，就会失去特征味道。

每种鱼都有它的特征味道，就好像水果味。甜点里人造水果味的添加料不管多么像，始终层次不如天然的水果本身那样丰富，同理，养殖的鱼外形虽似野生鱼，但是克隆人怎么会有人味呢?

可是海鲜的味道到底是什么？我想味道这东西真的是任凭你如何妙笔生花也写不出来。我一直觉得中国的文化已经为美食留出了很大的滋长空间，我们有很多语素是专门为吃留下的。有些文化里，形容味觉和食物的词汇本身就很少，比如英文里没有对应的“甘”的字，“甘”就成为华人文化的小秘密，我们懂中文的人说起甘，就明白那种感受，但是对外国人，你就得多费点工夫去形容了。

人这一张嘴不光是因为会说话而成为奇迹，在吃的能力上也是。流浮山曾经盛产牡蛎，可短短几十年，流浮山的牡蛎就被吃到见底。牡蛎本不是特别昂贵的海鲜，但是如今要在流浮山吃到野生的新鲜牡蛎，就得多付好多港纸了。有一次我在那里一间酒家点了一份盐烤牡蛎，做法就跟烤响锣差不多，烤出来汁水丰富，带着咸甜，不负海中牛奶的盛名。独自吃完一盘（其实也没有几只），心满意足地走了。没想到下午开始胸口憋闷，本以为是旅途颠簸，但是憋闷的感觉慢慢转移到胃口，我才意识到可能是牡蛎有鬼，食物中毒了。傍晚回到酒店开始想吐，但是干呕什么也呕不出来，之后四肢开始有热的感觉，那便是要发烧了。我急忙打电话给酒店前台，问他们有没有办法，来了一个娇小的正装女人领我去了诊所，打了一针好像是治海鲜中毒的针，名字是什么记不太清了。不过很有效，头很快不晕了。但是胃里依旧翻江倒海，我问医生可不可以给我洗胃，医生笑了笑，“真是荫功，别洗胃了后生女，你当洗胃很爽啊。等阵啦，等阵药力上来就不会想呕了。”

正装女人告诉我，最近的海域污染比较严重，贝壳类的都不要吃了。我问她为什么吃鱼没有关系，她说因为有些鱼是在远处的海域打来的，那里污染少，吃了不会有事。但是贝壳类要依附在岸礁上，污染就会多。原来她也是个行家。

之后回到酒店，身体还是微微发热，不过医生诚不欺我，胃不舒服的感觉没有了，我摊开四肢仰在床上，看着酒店雕梁画栋的天花板，不禁后怕，万一就这么死在这里，告知身边亲友，最爱吃海鲜的阿仁为了牡蛎而死，真是一世英名尽毁。不过转念一想，从前的花心男人总爱自诩牡丹花下死，做鬼也风流。人如果真的可以为心爱之物而牺牲的话，也许死的时候会笑吧。

病得元气大伤的人就是这么爱胡思乱想，想着想着我就睡过去了。

曾经有段时间，有一些人愿意约我去吃饭，因为饭局上我会自不自觉地讲一些关于吃的典故，用现在的话说，就是讲些逼格比较高的故事，带领大家涨涨姿势。关于海鲜的吃法与讲究，更是如数家珍，但是早年因为一盘牡蛎而中毒的事情却一直是压箱底的黑历史。我不愿多提，不是怕人们笑我遇食不淑，不懂得分辨（这当然是主要原因），而是我不想说起流浮山的时候，让它与伤害过我的事相关联。去香港的时候，我失去了一个我很不想要错过的人，算是疗伤之旅吧，抱着大隐隐于市，小隐隐于山林的想法我躲到了香港，在流浮山每日以海货当饭的时光治愈了我，那里外冷内热的渔人感动了我，那里偶有阴天却晚风温存的海天一色拥抱了我，不理性的人，会因为一些不可测度的情感而忘记那些能够量化的伤害。

我至今仍会跟人们说流浮山的好，只是当他们问到我到那里吃什么的时候，我会说吃鱼就够了，贝壳类不要过食。

我们所钟爱的那些曾经游览过的地方，总不是完美的。任何一个地方，都有它的可爱与可憎，可是作为一个散心游玩的地方，我们的心境才是主题，不能让地方玩弄了你，应该是你去赏玩一个地方，不然再好的山水也变成囚笼。天地的美妙，只在乎你如何看它，佛印和苏轼的轶事里不就是那么说的吗——你是美玉，便见得美玉。

第四个中秋节

孤独从来不是一个要被解决的问题，它只是自由的一种表达方式。

我抬头看看月亮，好像也同时有一个慈悲的目光注视着我，在给我加油。

（一）

在真正的罪恶与美好面前，普通人永远显得缺乏想象力，这也正是为什么大多数人都平庸。连想象都不能，更不消说做到了。

傍晚的时候去逛商场，多了不少拖手的情侣和其乐融融的家庭，像我这样自己背个双肩小包的人似乎都应该为煞了风景而自惭形秽。好在晚风清凉撩人香，加上晴天，心情还是很好的。我并没有在这个理应团圆的日子里多愁善感，而是在逛完商场之后去超市买了些水果。

在超市入口遇到一个金发女孩的背影，因为身材太过优秀，我禁不住多看了几眼。是杆儿瘦杆儿瘦的，平胸，有点矮，对男性应该不具有普遍杀伤力的那种，却也是我颇为喜欢的。

大概不到十秒的打量之后就由她走了。几分钟之后，我们在卖牛奶的冷柜前再一次相遇。

这一次我没有看她的身体。

我注意到她杵在冷柜前不动了。她一手拿着香草味的酸奶，眼睛却看着货架上同一牌子的香蕉味酸奶，看样子已经纠结了有一会儿了。

“又是选择恐惧症。”我心里嘀咕道。因为这个毛病我也有，真想和她握个手以示同病相怜。后来转念一想，也可能是洋妞中文不太好，香草和香蕉分不清，不过盒子上画了图，所以选择恐惧症的假设占了上风。

我决定帮她一把。

我走过去，以一种果断的姿态选了香蕉味的，然后和她四目交接了一下，传递了一种肯定的讯息。人类的眼神交流真是神奇，就单凭一个眼神，就包含了“姐知道你在纠结，姐两种都喝过，香蕉味的好喝，别纠结了，相信姐，得永生”这一系列冗杂的语言，金发姑娘立即心领神会，也拿了两盒香蕉味的走了。

（二）

几分钟之后我又在卖糖果饼干的一区见到了她。她好像又陷入了选择的泥潭。尤其是她手里已经捧着一些东西而显得手不够用的时候（她没推购物车），样子就显得更加楚楚可怜，但是这次我帮不了她了，因为姐已经告别饼干糖果（尤其是万恶的奥利奥）好久。我看见她盯着一盒蛋卷出神，直到我走远，她依然如望夫石一样望着那盒蛋卷。

我买齐了水果到收款台付账，再一次看见她正在我隔壁的收款台排队。仍旧是双手捧着东西，这一回多了那盒蛋卷，终于分别到我俩结账了，只见她一股脑把东西放到台子上，如释重负地说了一句“给我一个塑料袋”。

我们几乎同时结完账。刚一出门口，她掏出那盒蛋卷，撕开包装，径自吃起来了！这种行为和她杆儿瘦的身形是非常不搭调的。我想她要么是嘴馋要么就是真的饿坏了。她打开盒子，深吸一口气，仿佛不想让那蛋卷的香甜气味浪费地挥散到空气里一丝一毫，然后拿出一根蛋卷，一口咬掉了一大半。蛋卷好像很酥松，一口下去沾了好多碎渣在嘴边，但金发姑娘好像一点也不在乎。

（三）

出来的时候天已经黑了，街上霓虹闪烁，高楼里亮起万家灯火。这是我在这个城市求学的第四个中秋节。我记得前三年都下了雨，湿湿黏黏，不甚舒服，今年好多了。不知不觉，我一个土生土长的北方身体，变得习惯南方，不知道是气候怜悯了我，还是我真的新技能 GET。

我拎着一包水果，那种沉甸甸的分量感让我觉得自己好像很富有似的。五颜六色甚是喜庆，尤其是几个南非的橙子，散发出别致而浓郁的橙子味，满满的维 C 气味，令人年轻。我一下子思绪万千。

独居生活过得久了，人对自己内心的感受会变得清晰而敏感。不像是群体生活或者二人世界那样彼此迁就忘记自己，独居生活让自我的感受像蒸馒头一样膨胀起来，当然，馒头是暄软多孔的，膨胀起来的自我里也被独居生活注了很多细小的空隙，冷不丁的什么时候你就发现了自己的脆弱。

这就是为什么好多人发现自己不自觉地在跟自己说话，好多人变得依赖于某种寄托——大部分是食物和宠物。比如有一天我突然巨想吃牡蛎，如同孕妇害喜一样不肯罢休，找了一圈未果，反而加剧了偏执，终于在走了好远之后找到一家日式烧烤店（其实我不想吃日式烧烤），刚一落座，我就怒目直视这服务员“我——要——吃——海——蛎——子——”，一字一顿。服务员有点被我吓到了。我也想起来海蛎子是我们家乡的叫法，然后缓和了语气跟他说“那个，我要烤牡蛎、牛肉，和一份蔬菜沙拉，饮料要热的柠檬茶”——终于像一个理智正常的客人了。

（四）

我想我吃不到牡蛎的焦虑，或许就和金发姑娘盯着蛋卷发呆然后出门兀自而食的样子是一个道理。

我听过一种说法，肚子饱的时候会鼓起来，然后让心也觉得像是被拥抱了。

真是天然萌的解释。

开始独居生活之前，我设想过自己的样子——应该是凌厉的，风风火火的，一副女王样子的。

结果头一年，喊着“独立自强”的口号多年的人原来生活技能如此拙劣。每一件小事都如临大敌、紧张兮兮。事实上我是匆忙的、疲惫不堪的、一副窝囊废样子的——至少内心真的这么觉得，如果你没发现，可能是我演技好。

刚开始在这里生活，第一次去超市回来下起了雨，我没带伞，被淋成了落汤鸡，而现在，我已经知道在这个城市最好时时准备随身的伞，晴能遮阳雨能挡雨。日子就像细箩筛，从四面八方涌来的人与事，最终都被筛过，留下一些渗透性极强的，慢慢塑造你成了此刻的样子。一切变化都在缓慢中发生，别跟我说什么黑天鹅，突发的大事件只能带来知识信息层面额大震荡，回归到行为和性格依旧是缓慢的，因为人就是一种遵循惯性的平凡生物。

（五）

路上我看见了月亮，据说今年的月亮格外大格外亮，不假的，亮得跟一盏大灯一样。太阳的光太强烈，没有办法一直看，可是月亮是温柔的姐姐，可以恒久地凝视她。到我快写完此文的时候，她已经慢慢从西边东升至高处，在我窗外的正上方，抬眼即是。爱我的人与我爱的人，与我，纵使万水千山的相隔，但在月亮那里，我们的目光必然相遇。

也许这个想法早已在不知不觉中萌芽了——孤独从来不是一个要被解决的问题，它只是自由的一种表达方式。

我抬头看看月亮，好像也同时有一个慈悲的目光注视着我，在给我加油。

我听见那个声音跟我说：

“这世上不只有眼前的苟且，还有诗与远方。”

那些和我一样独自在异乡漂泊的小女孩们，加油，中秋快乐！

二十岁的脚后跟

I got my red dress on tonight /
Dancing in the dark in the pale moonlight /
Done my hair up real big beauty queen style /
High heels off, I' m feeling alive.

二十岁过到只剩一个脚后跟的时间了，说一些零碎的想法：

2013 年，把前一年的惊喜变成落地尘埃，我被机会宠爱过，也被宿命抛弃过。很多事情让我发现，那些你没有能力掌握的、玄奥的东西，即使你怎样小心翼翼地呵护，都还是会作烟云散，真正刻着你名字的东西，即使你大刀阔斧、走过枪林弹雨，转过头来，也依然会看着它安详地坐在你的行囊里（比如身上的肥肉：P）。而至于是怎样的机会宠爱，又是怎样的宿命抛弃，我已不想赘述，该知道的人已经听我唠叨了太多遍，我的悲哀，终究也只是一个平凡女孩能有的悲哀。

前几天看了《The Other Boleyn Girl》钩心斗角的事古来有之、中西不异，会否发生与是否是至亲至爱也无因果关联，唯一的理由就是残忍的利益。但是可悲的是，大多数人庸碌到根本没有机会去钩心斗角。当耳边再想起那首八六拍的圆舞曲，我终于想起一句我曾经很喜欢，这一年间却有些淡忘的话——一直善良，就会幸福。

尽管是这样，聪明、勤劳与勇敢，这三个我们从小就在说的词，这三个我们长大之后嫌它们不再高级的词，又回到我的脑海里。从前见山是山，后来见山不是山，如今见山仍是山。对待这三个品质，我依然视之如珠如宝。不要跟我说什么这个社会的灰色，让我告诉你，每一秒每个角落都有令人雀跃的改变发生着，之所以没有降临到你头上，就是因为你不够纯粹，上天眷顾纯粹的孩子。

我曾经一念意气而写了一些东西，到头来，还是那句话，“年轻人做错事，全世界都会原谅”，更何况有些人根本就没有做错什么，我看到了一个侧面之后的口诛笔伐又能有多少洞见？究竟是没人赋予过我任何权威去对别人的人生品头论足，我深深的歉疚，说了那句“还是我的心不够宽阔”。一瓶好酒从打开，到苏醒，到触碰舌尖，到绽放出美妙滋味，中间发生了什么，这个谜题永远是薛定谔的猫，可能就在它敞开在空气里不为人知的一刻，滋味曲线的函数突然冲上了无穷的高点，又或许在那前一秒它甚至就在无穷的低谷处蓄势跳跃。

大半年的时间里，感受到了这个世界对一个其貌不扬的女子的深深的恶意，眼球当道的世界里，绝大多数人只会为皮囊惊艳。只有少数人愿意欣赏你里面的自己。尽管少之又少，可只要有过这样的人出现，就会给这个世界照进一些光亮。

生活里不知何时起闯进一些那么那么好的人，朋友或是情人，好到你觉得，非得要更好的自己才能和他们相衬，才能忝列其间不至于愧汗涔涔，这是极致谦卑的表现。有时候心里也会膨胀出另一个极致傲慢的小人，告诉你，也非得是那样美好的人儿，才值得最好的你自己以朋友或情人的身份倾心于之。两种极致的心理如胶似漆地交融一体，这便是我们对一段感情的珍惜，这便是我们的成长。具象的指标，多少车房，多少钞票，不是那个推我们的手，让我们一步一步向前走的，是心里那个朦胧的、渴望未来变成的那番模样。

不论怎样，我用之前若干年人生在努力的——感恩与相信——是值得用一辈子坚持的事。

至于二十岁的脚后跟本人，刚才摸了一下，它正柔嫩地跟大家打着招呼。

致我们始终鲜活的生命

后知后觉的钓鱼台游记

距离写这篇文章的日子有一年半，当初的很多预感相继成真。

2014年1月20号，穿过武警的层层守卫，生平第一次去了钓鱼台，一副刘姥姥进大观园的土鳖相，回来之后一段时间写了一篇游记。那时我的第一本书已经送到印刷厂进行开模印刷，与此同时，为了宣传新书，演讲和沙龙活动也在计划中稳步进行。可是那时我最希望做的，却是将那本书里最后一章节的几篇小说搬上银幕。

游记里说了我去那里干吗，以及多多地讲讲关于微电影和电影行业的一些想法，这些想法并不是那天下午突然爆发的，而是长久以来，作为一个热情不减的电影观众、同时自己偶尔进行一些写作的人，对于中国电影萦绕心头的思虑。我在那次谈话之后隔了一个月才把这篇东西写出来，一方面那次的经历与谈话让我的业余想法得到了业内的印证和指教，另一方面我要让自己摒除掉早期和业内人士交流的兴奋感，沉淀下来或许会更有营养。

我那天来见中政影业的制片人，顺便赶巧见到了这家公司的老大。一路上我跟送我来的朋友说自己是玩大了，才把自己玩到这边——出书之前，关于如何宣传，我听了一个朋友的信口一言。他跟我说，阿仁，你跑各个大学，开讲座、做故事分享，这些事不是不要做，但是不应该仅仅是这样，简单地说，太浅薄了。我举个例子，比方说拍个微电影，是不是维度就被打开了？听者有意，于是从年底开始我寻摸着挑几个书里面的小故事，改成剧本，拍出一个微电影来。

我问了一个拍过复旦去年毕业剧的同学，跟他谈了没多久，得到的关键词就是预算，想要拍好就要烧钱。于是我动了念头去找愿意买断我这些故事影视版权的公司。顺藤摸瓜，被我发现北京正好有好多在做微电影的公司。

于是有了那一天的会面，呈现出最后这个结果就是玩大了，玩到了钓鱼台。

跟老总 K 叔聊了一个小时，主要还是听他像给小女孩儿上课一样地讲事情；还有大半个小时和 Z 制片聊了聊电影，Z 三十出头，跟 K 叔比起来算是我的“同龄人”。

中政影业是只拍大电影的，这似乎离我只想要拍一个二十分钟左右微电影的初衷差很多了。照理来说我这样一个连微电影都拍不起的人，更拍不起大电影了。但听完这些业内人的说法，我才明白原来账可以这么算：

如果我现在想要拍一个二十分钟左右的微电影，想要保证基本的艺术质量，考虑到故事场景和主要人物，基本花费大概在每分钟 1.5 万—2 万元，加上其他杂费，总共四十万元。这还不算渠道通路的费用。微电影现在就是在视频网站上发，少数能逆袭到电视。网站上如果发付费频道，那么有效的付费点击要超过两百万元，我、或者说我的投资方才能从票房上收回成本。如果是非付费渠道，就要靠插广告和网站政策扶持的机会，比如几个大视频网站有新导演扶持计划。但是这些是开放给科班学生的，是紧俏资源。

但是转做大电影思路就换了。我的投资方在广电总局有关系，如果本子写得给力，或许能拿到“龙标”（也就是电影开头的那个东西）。拿着龙标就有了谈广告的资本。基本上上映之前就能回收成本。票房再差也是净赚，等下档之后还可以卖给电影频道。

在接触这个行业的思维方式之前我很少这么看待大电影和微电影的制作成本。当然，把话说明白了也不算玄奥。只不过我从这笔账背后看到的却是——妈的，我终于明白国内每年那么多国产大烂片是怎么来的了。

K 叔走了之后，我和 Z 小哥聊起天来，我说内地电影审查让两类片子成为烂片重灾区，惊悚悬疑和情色，我本想举前两年的一个史诗级的大烂片《B 区 32 号》为例，听到这个片名，朋友 Y 立刻拍大腿说，那就是我朋友手底下的一个团队拍的啊。你知道吗，他们对外号称这部片子成本五万元，而实际只有两万七，好多镜头是拿 DV 拍的。这部片子的投资回报率有几百倍。

说实在的，听到一个电影圈的业内人士这样说是很寒心的。伟光正的那一套暂且不说，单单就是一个投资电影的人不承认《B 区 32 号》的差，已经非常悲哀了。而我的发寒还有一些主观考虑，那就是三省吾身，我自己并不敢保证我的本子拍出来可以让自己满意。

接着说说电影里的三种角色。简单地说，除了观众群体之外，电影产业里有三种角色：创作、执行和供养这两个角色的金主。我把作为监工的制片和监制也算到金主这个角色里，而创作角色是导演和编剧，至于演员和制作团队的其他人算作执行。我得出的结论是创作角色和金主在整个环节中是重要的。或者说搞清楚这两个问题，对于思考国内电影以及这个产业的问题有本质上的帮助。

再直观不过的，创作角色决定了电影本身的质量。在烂片界开天辟地的盘古——《富春山居图》——是这个论断再好不过的证明。在不差钱和不差演员的情况下，如果不是一个空做大梦的庸才导演和二逼编剧，还有谁能对这样一坨五彩斑斓的屎负责呢。

至于说金主很重要这件事也是板上钉钉的。充足的资金是执行力的保障。比如，举个不恰当的例子，李连杰比甄子丹片酬高，如果把近几年市面上甄子丹演的角色（叶问除外）换成李连杰来演，招人讨厌的程度就会低一些；反过来，《不二神探》这种小型烂片如果换成甄子丹来，那就是一个中大型烂片了。但是另一方面，钱是一把双刃剑。有时候穷困紧张的条件下会激发一些导演的创作，比如成名之前的贾樟柯；但是我们也看到像吴宇森这种，总能拿到大投资、然后拍出把钱花得莫名其妙的东西的导演。在当下的国内电影业界，你金主的背景一方面决定了资金资源，还有可能影响到创作团队能拿到的政治资源。这里面水有点深，门道也很多，我就不卖弄了，有些八卦永远是说得少外行人不解痒、说多了内行人嗤笑的。

有件事情我想要辩证地谈谈，这也是若干年里我在认识上有过反复的事——港台电影。

我这里把香港电影和台湾电影合在一起说，实际上它们是两种性格气质完全不同的东西，但是我姑且合着说，主要是从它们讲讲内地电影。

现在有一种趋势，就是国内观众不稀罕港台电影，不稀罕了。香港和台湾，与内地成为一个三角关系，20 世纪八九十年代，不仅在电影上，在整个通俗文化领域对内地都有很深刻的意义。我想在这里我根本无须赘述那些八九十年代的港台电影有多惊艳。但是迈过 2000 年后，尤其 SARS 之后，香港一蹶不振，以及台湾长期的经济增长停滞，内地在经济基础迅猛提升的同时，对属于上层建筑的文化产物的眼光也变化了。似乎就在一夜之间，我们不再买港台电影的账了。这就好像 2013 年国内观众突然不买好莱坞的账了一样，曾经屡试不爽的大片套路在内地一些“小片”面前败下阵来。国人在钱包撑起腰杆挺起之后好像有了底气，对曾经我们由衷佩服的港台电影甚至是美国电影一通乱批。

我曾经也有过类似的感受，但这是一个反复的过程，我如今得到了一个令自己满意的想法，那就是港台电影对国内电影的教育意义不容忽视，即使是现在。我们不能混淆这样一个概念，港台现在拍的是少数艺术质量高的好电影和很多俗气的类型电影，前提是他们拍出的几乎都是电影；而内地现在出的是少数电影（其中有极少数很好的电影）以及多数根本不配称之为电影的东西。商业类型片，不管多俗气多 low，香港和台湾人能拍出完整的电影来，用赵丽蓉老师的话说“好歹是件衣裳”。大概就是三四年前，我也一度认为港片已死、台片矫情。可是时间久了，我发现港台片虽然票房萎靡了，但是港台电影人一直没有停止在做一些有益的尝试，重音放在“有益”二字上。从这个意义上来说，国内电影仍然任重道远。或许有人会说《失恋三十三天》《泰囧》《致青春》《中国合伙人》这些电影的成功意味着内地电影的崛起，但是我觉得言之尚早。一个地区电影水平质的提高，不是靠几个单薄的、正中观众下怀的故事，而是要靠在电影创作本身上取得的突破。比如徐克的鬼才，年纪不小了，还能在3D电影上发展出完全不同于美国人的想象。

除了港台电影，港台电影人也是值得内地影人不断学习的群体。内地的电影人动辄夜郎自大，失去敬畏是非常可怕的。香港和台湾在电影批评领域的水平和素养的确高出内地不止一个数量级。而我们的电影人真的就把电影批评当成了批评电影，党同伐异、逆我者亡。在这个背景之下，打开娱乐新闻，便不难发现一些比滑稽还滑稽的事儿了。拿我个人的经历做个不完全的归纳，台湾电影人对内地电影的评论是十分厚道的，一个地区整体的文化气息影响了这一切，当然对岸看对岸的微妙心态也在作祟。可是台湾电影远不止台湾影人自谦的那样单薄、内地电影也远不止他们谬赞的那样蓬勃。至少从我的角度来看，在那袭票房大步向前的华丽旗袍之下，正养育着大量虱子。

当我在写论文时，我在写什么

时至今日，每当别人问起在复旦念书是怎样的体验时，第一个出现在我脑海里的印象并不是那句被传滥了的“自由而无用的灵魂”。尤其是来到北京之后，南北地方的差异开始显现，我才明白，原来复旦给我最宝贵的财富是一种自信的气度——不惧怕失去，不惶恐获得。

在许多个巧合的叠加之下我走进了复旦的校园。

大二时经过院系的选拔推荐，成为这届系里第一个派遣交流的学生，开始了在台湾的学习生活。台湾给我最直接最明显的印象之一，就是那里的人非常喜欢说谢谢。他们对感谢的时常表达深深地影响了我，回来之后，我也开始多说谢谢——不管是向陌生人还是熟识的人，也无论他们是正在近旁还是身处远方。这件事逐渐改变了我看待周围事情的态度：正视自己的渺小和不足，进而对外界所给予的一切心存感恩。

对复旦的感情也是如此。她慷慨地提供了许多平台和机会，学术上，让我在本专业得到来自环境管理方向教师团队的教导，也让我大量地接触到了这所综合性大学里其他学科的优质资源。除此之外，在复旦的生活，是全面而立体的。这里所培养的，不仅仅是可以客观考评的知识技能，还有对待自己、他人和天地的态度与方法，以及对我们复旦人都在追求的“自由”的深刻体认。我在来到这里之前对于世界充满了未知与忐忑，而现在，未知的世界依然如此之大，可不同的是，我有了可以学习未知、解决问题的思考方式，并在挑战面前变得更加从容而有勇气，这些小小的变化将成为我今后在这个大时代里得以立锥的土壤。

我们所走过的每一道山川每一条河流都会在心里留下倒影，我们也不是凭空成为了今天的模样，生命沿途的人事物都在用各自的方式塑造着我们。毕业论文是对本科学习的梳理与总结，要感谢和感恩的人与事有很多，而在多说了许多谢谢的三年之后，我更加明白，表达感谢除了言语，还有一种方式，那便是不要辜负——不要辜负这一切对自己的善意，努力做好每一件事，成为更好的自己。

我还将在其他地方继续完成“更好的自己”这条路，那么就让我毫无保留地、再一次对这四年光阴里的一切说声感谢，感谢那些如同山川河流之于大地的复旦对我的改变。

此心依旧向西游

那一晚之后，我没有再勉强自己把这篇我已无灵感的文章完成，也没有删掉，而是由它诚实地躺在我在网上写文章的地方，任人随意观看，也不觉得羞怯。因为从那天起，我决定正视自己内心的感觉，我也知道，虽然这一篇终将以未完成的状态呈现于人前，然而我的写作却再也不会停止了。

绿袖子与长柄伞

六岁那年第一次走进满墙红绿屏幕的交易大厅时，我从来没有想到股票这件事会一直与我的生活有着扯不断的联系。

关于家中的第一桶金是如何而来我已经所知无多，只是那之后二级市场的运作变成了母亲生活的日常，而投射到我自己的生活里，一个不到十岁的孩子所能真正体会的，也不过就是，自己从记事开始就能穿很漂亮时髦而且昂贵的衣服罢了。

但在我从小生活的地方，和这个国家的其他主要城市一样，更多的还是普通的工薪家庭，加上学校里一直传播的朴素教育，让我觉得劳动才是创造财富的唯一手段，而劳动就是辛勤的工作。所以在那个电脑和网络并不普及的年代，为何屏幕上红红绿绿的数字与咔啦咔啦作响的交易机器是如何让财富滚成了雪球，对我来说始终是一个谜团。我比较能够理解的，是那些早晚规律上班的穿着灰蓝工装的工人，是那些在海港码头脚踩黑胶筒靴的渔民，是那些站在街边风餐雪立的小贩。不过显然那个与我每日生活最紧密的人不属于这些人——妈妈每天的工作一度把我深深地困扰着。

从前她很喜欢看浙江台的财经新闻，一到下午收盘之后我的噩梦就开始了，三两个戴着厚眼镜的嘉宾操着南方腔的普通话高谈阔论、指点江山，然后再为了一些鸡毛蒜皮的意见相左你争我吵，没错，吵，就是我对那群股评家的最大印象了。我通过这些节目学会了一个词，叫作震荡，而那些在电视里讲话的人们的嗓音，就在让我脑震荡。大一点之后我知道在中国，红色代表上涨，绿色代表下跌，可是无比讽刺的是，浙江台那个财经节目的结尾总要滚动播出当天沪深两市股票的收盘和涨跌幅，而背景音乐，居然是绿袖子。

我看过一个讲述香港变迁的纪录片，里面采访了一个香港老人，他在八七年股灾的时候葬送了自己一手建立的江山，他站在维港边，向访谈者遥遥一指，告诉那个年轻人有多少楼宇屋厦曾隶属于他的名下，又有多少在一夕之间为了偿还负债被潦草贱卖。关于这个纪录片的其他内容我早已淡忘，但独独是记得一个镜头，那个老迈而干瘦的人，拄着一柄长伞，在有些苍茫的云涛和海水之间看向远方，说：从那以后我出门都要带一把伞，因为你不知道什么时候是雨是晴。

年幼时我便不断听人说，股市有风险，投资需谨慎，听到耳朵长茧。在我还不知道股票的“股”是一种单位，而不是屁股的股之前，我也曾顽皮地想过，既然它像个屁一样那么容易崩溃，为什么不叫屁票。但后来才明白，没有哪种屁可以像股票一样崩坏掉高楼，崩坏掉生活，屁在这个股面前，不足语威。

平凡人的愿

后来我对这个东西有了另一番认识。

我记得我们家刚买车的时候，家的周围几乎没有什么车，我爸爸可以随意地把车歪七扭八地乱停，也不会怎样。但是从某一年开始，我们家附近的车开始多起来，到现在，就连一个憋屈紧凑的空位也只能硬着头皮拱进去，不然便无处停车。那一年发生了什么呢？就是他们公司上市了。手里持有公司原始股票的普通员工在上市之后套利，一跃成为中产，连带着周围几个 mall 的生意都红火起来。这件事本来只是一个淡薄的儿时印象，不过在我上任之前一周，一个项目闯进了我的休假生活，它唤起了这个快要消散了的印象，让我在一个电话之后决定放弃休假直接工作，实现一个简单的愿望。

C 公司是某部委下属的企业，正所谓改革春风吹满地，他们的管理层现在也想要插一脚实施股权激励。他们最初提请批复的激励方案只覆盖到了最核心的 36 人管理层，而那是一个几万人的大公司。如此一来名目好听的激励便只成为少数人的狂欢，股份又一次成为拉开贫富差距的帮凶。但是转机出现了，依据现有政策，这家企业的管理层持股受到了限制，管理层想要拿到股份需要突破的某些政策瓶颈需要我们来解决，于是我产生了这样一个想法：改革四项试点当中员工持股的本意便是扩大激励层面，让企业全员都被激励，那么如果我们项目组可以让方案的覆盖范围扩大一些，就可以真正实现这个目标了。C 公司有大量的临时工人和短期合同工，除了这些流动性很高的打工者，还剩下六百多个长期在为这家公司效力的普通员工，他们活跃在生产的第一线。于是我之前说过的那个朦胧的印象被唤醒，我在想，或许因为自己的一点点工作和斡旋，能够为六百多个员工争取到一点并不过分的奖励，而这些与他们工作绩效相关的奖励能够让六百多个家庭的生活稍有改善，或许是年终分红的时候家里多添置些需要的东西，或许是他们的孩子可以选择去上更好的兴趣班，或许是家里的老人舍得为自己买些补品。想到这些我一下子觉得自己不应该再休假了，于是自告奋勇一猛子扎进了这个项目。

前期最关键要解决的便是和主管部委的领导的沟通，充分了解政策授意。P 先生的电话已然被我打爆了，我们曾经说好的私下聊天不说工作的事，但最后也还是破例了。中间我们去喝了两次茶，和以往不一样的是，那些 P 先生带来的好茶，我已无暇再去拿着闻香杯深深呼吸它们的香韵，而是在说得口干舌燥之后将杯中的茶当水一样一饮而尽。

你永远无法体会当项目政策可行性方案出来的时候我的感受。一个平凡人对自己的存在感到了骄傲。一点点，像夜空里一颗微小的星，在没有人瞩目的边边角角羞答答地闪烁了一下，只有它自己知道。

这篇文章写于 2014 年 8 月。当时工作压力很大，身体也觉得辛苦，本来好久都没有提笔写文章，有一天爸爸突然问我，还有没有再写，他让我不要放弃写作。他的鼓励对我产生了很大的触动，要知道，从小到大，他对于我的写作一直持很中性的态度。他的优势在数学，文学不是他所擅长，直到我的第一部作品出版，也并未听到他只言片语的评论。可是那天晚上，他像是不经意地说了那一句，甚至没有看着我，仿佛是很随意的，却有着巨大鼓舞人心的力量。

以前我写的那些东西，也有烂尾的情况，尤其在我最初尝试写小说的时候，可我总是试图想个办法让这些故事走向一个结局。但那一晚之后，我没有再勉强自己把这篇我已无灵感的文章完成，也没有删掉，而是由它诚实地躺在我在网上写文章的地方，任人随意观看，也不觉得羞怯。因为从那天起，我决定正视自己内心的感觉，我也知道，虽然这一篇终将以未完成的状态呈现于人前，然而我的写作却再也不会停止了。

关于为什么毕业之后写作一度中断的更多思想起伏，请看下一篇《不自由的小白兔》。

不自由的小白兔

我知道自己从不是一个愤世嫉俗的人，我一直相信温柔是有力量的，所以当命运呈上什么，我总是不拒不推，是福是祸，我都躬逢其盛。

直到现在我还是没有找到一种利索简洁的方式来介绍我的工作。当别人问我在做什么时，我首先要审度一下周围的情况，迎来送往的交际场与掏心掏肺的促膝谈显然要有不同的应对。如果是前者，那么我会选择我工作中最具有碾压性的字眼去轰炸对方，“我在国家安全发展研究会”、“目前的主要精力放在和私募基金参与国企混合所有制改革上”云云；而若是在某个心力交瘁的傍晚，我可能会拿起电话，打给一个在大连或上海或北京或纽约或天晓得他在什么地方的朋友，开始一通漫长的倾诉。

如果你拿到我最新印的名片，你会发现我变成了一家投资顾问公司的副总。如此看来，我应该是除了我那些生来就是董事的富二代朋友们以外，升职升得最快的了。也许研究国资混改和发展安全的身份太过寒酸和阳春白雪，我的顶头上司决定，让我在一个更容易被世俗社会了解的公司里担任一个职位，来撑一下场面。事实上那家在香港注册的投资顾问公司在过去的若干年里的确功勋赫赫——早在朱镕基在位时期，就为中国最大的那些央企们提供了混合所有制改革的方案，为境内外大型企业嫁接并购项目和帮助融资。但是公司内部的人都清楚，这些事情都是由我们的顶头上司一手操盘，他可以将这些事放在这家香港公司的名下，也可以因为业务需要把它们归到一个刚刚建立的北京公司，而这些公司们，不管是境内还是境外，不管是有限合伙还是公司制，本质上都是我上司的影分身。

我所认识的五十多岁的中年男人在对待事业的态度上大体分为两种，一种是知道自己已界临极限，走到了能力和运势的边界，剩下的十年，就是保持这个状态，然后安然退休；另一种人被运气眷顾，社会需要他们，他们所从事的工作需要他们，他们也同时被人群给予了与之相称的尊敬，于是他们的后十年，会沉着运用岁月赋予他们的经验和气度，去做更多事、赢得更多尊敬。

我的上司不属于第一种，但与写文章的常理不同，他更不属于第二种。他是奇葩的第三种。

这位拥有法律背景的上司，可谓是那个年代的凤凰男。他最为春风得意的时代便是十几二十年前第一拨国企改革的高峰，那时企业改革的核心是依法治理，“只要风足够大，猪也能够起飞”。他起飞了，物质上富有到在京城站稳了脚跟，女儿念的是最好的中学——人大附中，两辆全新进口的奔驰里，武警出身的司机对他毕恭毕敬鞍前马后，近有市内富人区的豪华公寓、远有亚龙湾的独栋别墅，在他千金难求的北京户口上，山东某县的身份证号也仿佛熠熠生辉。

而他不属于第一种，不属于第二种，他是奇葩的第三种——在一个本该如泰山稳重的五十岁，像一个五岁劣童一样张牙舞爪，如同抓取糖果一样，疯狂撕咬那些超出他专业范围以外的利益蛋糕。

于是，和他共事让我陷入了神经衰弱。

有一件事情要承认的是，面对一份全职工作，我和我的小伙伴们一样都是刚刚出炉的新手，我花了两个多月的时间去不断调整自己，终于在九月初的一次与好友吃饭时，可以坦荡地说，“我现在有了一点工作的节奏感”。我的工作虽然需要做大量政策研究的功课，却与纯粹的理论研究不同，我们还有与企业密切相关的现实业务，也就是说，我们每一次对政策的探索，背后都存在一个企业转型变革的现实需求。而我的确花了一段时间，才明白哪些环节我应该松弛自己，而不应该像一个巴结一份全职工作的实习生那样时刻紧绷每一条神经。大事和一些关键的细节应该认真严谨，而面对过程中必要的等待和反复，却大可不必焦虑。

如果你见到的世面足够多足够大，那么在普通的场合下自然就会有从容的风度。我的工作让我在这四个月里密集地领略了京城里所谓的那些顶了不起的世面。通向这些高大上殿堂的领路人依旧是我的上司。新一波的国资改革方兴未艾，而这一轮的关键词是资本的社会化，死守着法条与政策而不主动联系市场将会使决策出现致命错误。但他融入市场的表现则成为一位急躁的掮客。

在主要业务以外，最近两年他开始在世界各地活跃，哪怕仅有一丝丝关系，也要紧紧把握。于是，在世代相传的西澳酒庄有他在游说，分散生产的德国牧场之间有他在游说，广袤的俄罗斯黑土地上有他在游说，隐秘的政府要员的会客室里有他在游说，游说的内容便是，把这些优质得人家根本没想要卖的资产卖给财大气粗的中国土豪。

又于是，国企总部的会议室里他高谈阔论，跨国集团的投资部门里他高谈阔论，跻身新贵的民营企业里他依旧高谈阔论，高谈阔论的内容便是，那些毫不相干的项目或资产将如何为这些企业带来远超预期的回报。

前几年我学到一个词叫作“rain - maker”，造雨人。造雨是一个形象的说法，实质上就是制造交易机会，让干涸的市场土地得到滋润。实质上它就是掮客的另一种体面的名字。我知道在这九百六十万平方公里的大地上，在这比任何地方都考究人情世故的社会里，充满了大大小小不计其数的造雨人，小到一个房屋中介，大到我们的国家元首，都在或多或少的为经济造雨，造雨人自己并不生产也不消费，却能够让经济系统内始终有事情发生。

而我的上司就是这些广义造雨人里面最典型的狭义造雨人。回到之前的种种场景里去。通常，无论是游说还是高谈阔论，总会夹杂着一些他道听途说的八卦，和我们这些年轻人听到的金融圈里基金与投行男女的八卦不同，上司的八卦毕竟是更高级别的，小到地方领导，大到海里，凡有所新的名词，他都会故弄玄虚地调侃。先是抛出一长串引子，然后突然转为正襟危坐降低音量，以体现这个八卦的秘密性，然后伏在听者耳畔窃窃私语，又突然爆发出挤皱满脸皮肤的大笑，然后拍拍自己的肚皮、抖抖腿，拽拽地结束一个八卦。多数情况下，体制内的领导们和等待着跪舔机会的商人们都会很买他的账，大家在餐桌上言笑晏晏，不管明天回到办公室里，确实的生意能否签约，今晚，“我们都是兄弟”。

在几个月这种氛围的浸淫下，我已对此产生了厌倦。更加不巧的是，我从不在任何这样的应酬场合喝酒，这就让我在那些大人们酒酣胸袒尚开张之际更加清醒，而我的心也更加冰冷。到后来我干脆带上礼貌的笑脸，任由思绪驰骋千里之外。比如有一天几个部委领导和我的上司又开始八卦起当年一个落马高官的花边时，我突然想起《笑傲江湖》，想起这是一部极具有政治隐喻的小说，想起我和我爱的人们曾经在月下边饮茶边谈及书里种种，想起令狐冲在大敌当前之际仿佛异度空间一般想起他的小师妹。而我的这些“想起”，是不是也如同令狐冲？这些年少时的伙伴、幼稚的游戏、烂漫纯真的情谊，是不是正是我心中的“灵珊”？

每一次难过的时候/
总想去看一看大海/
总想起在身边的朋友/
有多少，正在醒来。

我知道自己从不是一个愤世嫉俗的人，我一直相信温柔是有力量的，所以当命运呈上什么，我总是不拒不推，是福是祸，我都躬逢其盛。在离开学校之后，曾经被应试教育体系的规则所厘定的、我们这群90后的身份，正在逐渐褪去，那么在我们有了自主意识并自我觉醒之后，会不会能够享有一次重新被定义的机会？如果是这样的话，那么忍耐和坚持将是必须要有的。因为在你攀向食物链以及鄙视链的顶端，成为一只自由的老虎之前，你还要从一只不自由的小白兔修炼起，打怪升级。

第一万个 TED Talk：庐山烟雨浙江潮

这个演讲的题目在正式定稿的时候变成了《女神轰塌之后》，一方面和我的那个叫作《轰塌的女神》的系列有了呼应，另一方面也更具有煽动性。原来这个有些文绉绉的题目相比之下不讨巧得多。今天终于把讲稿整理出来，贴在这里，给没机会到现场去听的朋友，以及溺爱我的、想再看一遍的人们。

四年前我离开这里去了复旦。那时候辽宁省高考作文的满分是60分，39分是一个不犯政治错误的最低分，我知道这件事情是因为，这就是我自己的作文分数——我没有把高考作文写完。

这件事情让对于我写作抱有很大期待的语文老师和妈妈都很失望，不过好在，今天我带来了一部写完了的作品，我终于可以说，“这次我把该写的东西写完了”。大连这个可爱的地方是我写作以及认识世界的起点，今天我又回到这里来，站在这块土地上的感觉真好，再次感谢你们坐在这里听我的分享。

《仁言可慰》是我的第一本书，里面是我最近这两年写的散文和小说，它的最初几篇是在台湾时写的，有一天我在花莲独自登上了以云海闻名的合欢山，产生了一种禅意，想要记录下在这个年纪，对自己、对他人、对天地的所见所感——就是这样简单的初衷，也没想过会有机会出版。我认识一些在写作的天分上和我差不多的人，而我最后能够拿出一个像样的作品，与他们相比，我觉得自己多做的，就是不断推动自己，毕竟我不是文学专业出身，是地地道道学理工的女孩，写作是为了整理和表达自己而已。过程之中我尝试过许多的写作形式，比如在读佛经的时候，我把每天读到的典故用诗的形式表现出来。也在突破自己的写作阈值，这样调遣文字的能力也从原先的几千字的散文杂文，提高到了几万字的小说。

除了对于写作技巧的训练，观察世界也是很重要的、需要培养的一个方面。通过长时间的观察，我发现了在这个社交网络时代的人们共通的秘密，这让我有能力写出引起回响的作品。我的办法并不复杂，就是在两年多的时间里，我把人人主页上的好友数控制在200人，去通过他们的新鲜事去揣摩他们的心态和鉴赏习惯，我把目标锁定在处于大学阶段或已经工作的受过良好教育的人。这些来自国内外名校的学生和正在世界知名企业供职的人，虽然数量不多，却非常具有代表性，我开玩笑地叫他们比基尼好友，因为重点都覆盖到啦。

这样的观察帮助我总结了一些很好用的社交网络规则。大家先看这张照片，是为了给新书宣传拍的一套写真，我对这张照片非常满意，从构图到配色再到摄影师把我修得很瘦。但是这张看起来没什么缺点的照片居然败给了一条金鱼。

精心修饰的写真照

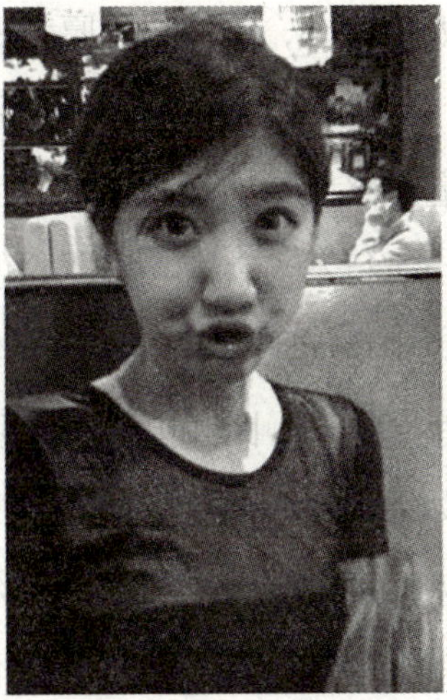

随心一抓的嘟嘴

我这张名字叫“我有特别的嘟嘴技巧”的金鱼照浏览量高出旁边这张十倍。这很好地说明了，生活化的瑕疵更能抓住人们的心，可是盲目的人们，尤其是爱漂亮的女孩子却害怕暴露缺点，瑕疵让人产生不安全感，为了破除安全感，网上女孩子的照片竟变成千篇一律的美图秀秀风。

第二件事是这样的，人们是更喜欢看到别人过得更惨的，尤其是那些原本就处于社会强势的人群。奶茶妹妹和刘强东在一起的绯闻传出之后，网友们的反应都是奶茶傍上了有钱人，似乎刘强东作为一个企业家仅仅被标签简化为“有钱人”，没有人站出来说，刘强东有可能因为器大活好而赢得奶茶芳心，因为大家愿意默认，有钱人都阳痿。

也如同奶茶妹妹和刘强东，我们普通人的个人信息也随着网络大量地暴露在众人面前。现在，人们很容易因为一点点言行不当就遭来群骂，但我发现，想要从猛于虎的网络声讨中存活下来其实不难，你要做的就是变成他们的自己人。举个例子，比如电影《金陵十三钗》里，那十三个漂亮女人如果不是因为抱团成一个群体，一定会互骂彼此是婊子的。人们都是党同伐异的，当你变成了某个群体的自己人，他们就会在言论上保护你，并不是因为多疼你而是因为你不能有错，你错了，往往代表他们错了。

我开始上大学的时候脸书的 CEO 扎克伯格的故事被搬上了大银幕，从那时起，网络化的社交敲锣打鼓地在我们身边蔓延开来，身边的人包括我自己都有非常切身的感受——大量的信息涌来，而当信息多到人们有些措手不及时，一个本能的处理方法就是标签化。基于这个简单的道理，有了我们现在普遍在用的标签，高富帅、屌丝、男神女神。可也正是因为标签化，我们认识的人数增加了，而对于每一个我们认识的人，我们所了解他们的侧面却变少了。

2010 年我来到上海，在复旦开始独自求学的生活，因为比较外向的性格结交了很多形形色色的人。在十七八岁的年纪，对于未来的方向迷茫的时候，我很庆幸自己认识了许多非常优秀的女性，她们有着耀眼的头衔、传奇的经历，以及不言而喻的、漂亮的脸蛋。很自然的这些在学校和社会上出类拔萃的女性成为了我当时奋斗的目标，她们也是众人眼中的女神。可是随着接触渐深以及其他渠道得来的消息，我发现了这些女神竟也有许多不堪的黑历史，作为怀抱着崇拜心态的小粉丝，我比任何人都希望她们一直美好下去。可是我的女神们终究是轰塌了。

于是在一个郁闷的凌晨五点钟，我打开电脑，用非常抱憾和惋惜的语气写下了一个系列的短篇小说——《轰塌的女神》，这些故事很快戳中了大家八卦的 G 点，快速地传播开来。可就在浏览次数激增以及豆瓣上粉丝数每天都在刷新的时候，越来越多的人将这样的故事肤浅地解读了。他们草草地留言讥讽那些女神，站在冷漠的道德制高点指手画脚——就好像大多数人在社交网络上所做的一样——标签化。看到自己曾经仰视的女神原来也有不堪的一面之后，人们喜大普奔，然后快速地盖棺定论。这件事最终让我决定把《轰塌的女神》从网上删掉，也有了想和大家做这次分享的动机。

这一次，我站到了自己的反面。虽然玩弄这些社交网络的规则让我收获了一些名气，甚至靠这出了书，但这次我决定以既得利益者的身份，去反对这些规则。

我的一位在法国蓝带学习红酒鉴赏的才女朋友曾经讲过这样一件事，有一天她的老师带领学生品尝一瓶著名的2004年白马庄的酒，可是当天所有的学生都认为这瓶酒不孚盛名——口味不丰满，质地也很拙劣，于是大家交头接耳，纷纷拿出小本子，记下名酒也不外如是，差评之类的话。两天之后的盲品课上，大家喝到一款非常香醇、余韵绵长的好酒，可就是没人猜出这是哪家酒庄哪一年的酒。而当答案揭晓，这便是之前被大家差评的那瓶白马庄。这群学生都是经过了一段时期训练的资优生，并不是他们的两次判断有了失误，两天的时间发生了什么呢？这瓶酒被换瓶，并且继续在空气里醒发，如此而已。我们对他人的解读也是这样。起先你看到她大名鼎鼎的招牌，然后被她意外的酸涩惊吓到，可是最后，却极少有人愿意再给一次机会了解经历时间之后的她，但或许就在某个人们沉睡的夜晚，这一瓶酒就苏醒过来，它的滋味曲线达到巅峰，也或许那些被我们嗤笑的人，在许多不为人知的时刻正在为一些很美好的事情默默努力，可这一切都被沉睡的人们错过了。

长久以来《天龙八部》的艺术造诣都得到了超越金庸

其他作品的好评，倒是可以套用一下之前说的第二个潜规则，人们看到武功盖世的三位男神最后的结局都非常悲惨，于是心生悲悯，于是以俯视的眼光给了一个赞。“天龙八部”出自佛经，是八种非人非佛的神怪，它们各自的特点造就了各自命运的缺陷，金庸以此代表了红尘众生的种种苦难。他以其磅礴的笔法展开一幅画卷，描绘尽了众生皆苦的图景。

可是大部分的解读到此为止。很小的时候我就觉得困惑，金庸那样一位心怀天下的侠者，难道花了整本书的时间，就是为了说我们都生活在这样一个注定苦逼、无处申诉的悲惨世界里吗？若干年之后，被我在《法华经》中读到“……八部天龙，遥见彼龙女而成佛”，龙女是佛家的一种意象，这句话意思是说，代表了众生苦难的八种神怪虽然各有缺陷，却可以因为修炼、向善、参悟，而立地成佛。

我常常问自己，常常走到自己已经形成的观念对面去挑战自己。一瓶酒，我有没有多给它一晚上的时间让空气去发酵它的美味，一部作品，我有没有给更多耐心去品读，一个人，我有没有用真心去感受他的感受，这些事情很重要，正是这个质疑自己的过程丰富了生命的体验，于是我能喝到一瓶酒最美妙的滋味，于是我可以了解一部作品的深意并从中获得力量，于是我理解了更多更为立体的人，而不是平面上堆砌着的标签。这一切都丰富了我生命的体验，让我确信自己有一些人之为人的与众不同。《金刚经》的偈颂中有一句：

凡所有相，皆是虚妄。若见诸相非相，即见如来。

若以色见我，以音声求我，是人行邪道，不能见如来。

上面的故事便是非常具象地告诉我，要见诸相非相。从这个层面上说，我们每个人虽已有了工作和生活，但仍然只是汪洋一瓢，还有很多事情即将到来，这让我们应该时刻欢喜地谦卑着。

最近我读到一首让我很有感触的诗，它是苏轼写的《观潮》，内容是这样的：

庐山烟雨浙江潮，未到千般恨不消。

到得原来无别事，庐山烟雨浙江潮。

那些怀抱着理想主义的青年文人想要在仕途上大展拳脚，他们凭栏所见，是庐山烟雨浙江潮，以及未来指点江山的图景，苏轼说，这些年轻的心啊，就偏是要历经千般，心中才不会遗憾悔恨，于是他们开始了奋斗之路，而当他们经历了浮浮沉沉起起落落之后，又回到了起点，眼前依然是庐山烟雨，在这一系列观察社交网络的游戏中，我作为一个写作的人，曾努力想要把自己变得独特；我从自己对于他人的好奇心出发，迷失在人群里，又通过站到自己的反面去，回归到了纯净的独立思考。这个过程之中的苦辣酸甜，让我在读到这首诗的时候一下子百感交集。

我们复旦有一位在网上很有名的女老师，叫陈果，她教给我这样一句话：淡泊之守，须从浓艳场中试来；镇静之操，还向纷纭境中勘过。我们恰在这最好的年纪，可以堪过可以试错，但是重要的是，就是我们还有足够的时间去破除标签化的社交，以及还可以足够倔强地去对抗这个标签化带来的、有些扁平和压抑的世界。在初次品尝了酒的酸涩之后、在粗浅地解读了作品而疑惑的时候、在眼看你的女神轰塌之后，我们其实还有时间，去了解和感受经历过岁月的另一个侧面的他们。

最后，感谢这次大会的主办方，感谢到场的老朋友新朋友，感谢伟大的互联网让这一切在这里有了联结。

有人问我幸福和死亡的问题

有了困惑，到网上寻求回答，这在我们这个年代看来是最方便也最平常的事。如同清甜多汁的梨一样的、早熟脆弱爱问问题的年轻人，会不会保持他们富有诗意的困惑与好奇，一直保持下去……

有人邀请我回答一个问题——幸福感阈值提高以后怎么办?

这个问题具体说来是这样的:

从国内二线城市到国内一线城市到美国小镇到美东纽约,接触到的朋友和生活方式越来越高端,以至于幸福感阈值直线提高,越来越难以体会到简单的快乐了。衣食住行都在往贵的好的靠拢,吃喝玩乐都在往刺激的或者精致的提升,按理来说应该更加幸福,可是见到的了解到的提升更快,逐渐体会到生活方式的追求上不封顶,有时候有高不可攀的感觉。除了进一步往上爬,怎样可以重新获得简单的满足或者幸福感呢?幸福感阈值提高以后还能降低吗?

以下是我的回答。

这里用了一个理科学生更常会遇到的概念——阈值,它指的是一个效应能够产生的最低值或最高值。这位我也不知哪里认识的朋友所提出的问题让我想到两方面事情，第一，所谓的幸福感阈值一定是随着年岁、经历与物质成就的积累而正比增长的吗？第二，这个阈值高不好吗？

于是我就着这两方面这样回答了他——

第一方面比较好解决，幸福来自于你所珍惜和看重的东西，如果这东西是物质财富，那么你自然会觉得愈来愈高档次的衣食享受在抬高你的阈值。不可否认这世上大部分的人还是在以房子的尺寸、收入的位数和衣着的品牌而奋斗终生，无可厚非。但我想，“满足”和真正的“幸福”是不同的。具象的东西，大多是带来满足而非幸福，我曾经以为作为欲壑难填的动物，人类的“满足感”非常善变，但其实，更加捉不住的，是幸福，在你甚至还不知如何描摹它的时候，可能就已经溜走了。

另一部分，我想到了张爱玲，人生的热闹红火，她是知道的——盛极而衰的家族，少年成名的滋味，兵荒马乱的时代，以及混乱纠结的恋爱。这些热闹的东西，对于悟性驽钝的人来说，一辈子都能有滋有味地咀嚼，可是对于灵气与悟性如她那样的女人呢，一切都过期得太快。我想她绝对符合你说的“幸福感阈值不断被抬高”的样子吧。大部分人觉得张爱玲是不俗的、远离凡人的，用比较流行的话说，就是很“高冷”。但我觉得正相反，她一定是一个聪明却热情温暖的人，这样才会早早看破人世的真相，而又没有扫大家的兴，热热闹闹地陪着这个红尘活了如此多年。

当然你问这样的问题，最终还是为了让自己能在不断抬高的阈值之中，找到不被幸福抛弃的办法，对吧？我的答案就是感恩。

这俩字真的是知易行难。你可以从不断暗示自己“我要做一个懂得感恩的人”以及从“我是一个懂得感恩的人”开始做起。然后多说谢谢，并对一切你认为理所当然的事物重新打量，用某位作家的话说，普通人对所谓的“正常”是麻木的，而艺术家对这些理所当然的“正常”或其他看似自然而然的事，是充满质疑的。我鼓励你在寻觅生活中的幸福时做一个艺术家，当你发现作为一个孤独的生命个体，却能够得到来自方方面面的情感、知识与物质的支撑时，你就会觉得人生原来如此值得感恩。那么，微小到一次对于自我愚昧的发现与自觉，都会让你觉得是幸运的，而你为了改变愚昧而求索和醍醐灌顶的时刻，就是一次小小的幸福。

又有人邀请我回答一个问题——如何评价李开复的新书

《向死而生：我修的死亡学分》？

比起刚才那个少有人关注的问题，这一题来自一位名人的畅销书，我颇有些犹豫要不要回答这一题，因为一旦回答，恐怕又会招惹后续其他的问题上门，但是想了想，还是应下了。让我作出这一决定的直接原因，是因为我看了在这本书的策划后期，高晓松为李开复拍的一部小小的纪录片，里面关于家人父母的一部分让我开始反思自己前半生的叛逆，于是有了下面的回答——

我曾经几次离死亡非常近，这几次之中，有自己主动选择的，也有生命无意安排的——不知是幸运还是不幸——我现在好好地活着。这些离死亡非常近距离的经验，如今看来，只让我徒长了几寸头发。

由此，我愿意相信这本书以及那个视频里所呈现的李开复，他的话语、他的神情，甚至他的泪水，是真实而深发于心的。在我自己在台湾生活学习的那段时光里，大学里所接触到的受过高等教育的老师们说起话来都有他那样儒雅谦和的风度，这种风度在当下国内的大众看来可能显得过于彬彬有礼，因而造成了一种做作的感觉，对此我不予评价，我只想用我个人同他们在相当一段时间里那些关于学术与人生的交流体验证明，首先，李开复的话语、他的神情，甚至他的泪水，是真实而深发于心的。

但是这本书和视频依然逃不出某种矫情的窠臼，且不说评论里那些抨击他讽刺他的人，即使那些李开复的追随者，恐怕也会在满满的正能量之余喝到了一些鸡汤。为什么？好吧，高晓松的视频拍摄我就先不吐槽了，说点实在的，向别人展示自己战胜癌症病魔之后浴火重生这件事情本身，就“太把自己当回事儿”了。不过每个屌丝觉得竟无言以对的点也恰恰在于，李开复的确挺是“一回事儿”的，单凭他事业上的成功、凭他在青年中的影响力，他把自己人生的细节公开于世的行为就仿佛无可指摘。媒体资源愿意向他倾斜，公众的注意力愿意被他牵引，一切都是你情我愿的事。

可是你发现了吗？他“可以”把自己面对死亡时的心路历程展现给大家的条件是什么，其实是他事业上的成功、是他在青年中的影响力，而非癌症病痛或是死亡本身的深刻意义。

于是如果让我评价这本书和那个视频，我会说死亡不是一件重要的事，甚至连生也不是，更不是有些喷子说的“如何像他一样成功到所做的一切都会引起关注”，我从他的话语精神里所体会到的，真正重要的事，是感受人情、同时永远不放弃思考——真正让我们感动的，是他在回忆父亲时三度哽咽流泪的样子，是他想起失忆的母亲时深锁的眉头，是他思及妻儿时想要承担更多的拳拳之心，是对自己过往功名重新检视的勇气，是愿意试图放下（不管有没有真的放下）的淡然。对我个人而言，当他说到“希望自己做的一切，父亲可以在天上看到”，我的确哭了，这句话对我们这些还在打拼的人的确太有共鸣，这种感动是真实的。

感受人情和永不放弃思考，这两件事一个关乎人与人之间，一个关乎个体内在。一个向外，一个向内。讨论这本书和那个视频的真正价值，不应该被讨论本身所带有的追捧或批判的外壳封死。每一段他人的经历，对于一个成年且有独立思想的人来说，都应该是一面观己观心的镜子，而不应该成为神龛或痰盂。

一颗爱问问题的二十一世纪梨

有了困惑，到网上寻求回答，这在我们这个年代看来是最方便也最平常的事。以前的年轻人也有困惑，关于一些或深或浅的命题，那时候网络可能还不如现在普及、便利，于是1984年，在台湾，一个严肃而苦闷的学生，给一位他不是特别熟识却已经享有诗人名声的老师塞了一张纸条，问他什么是真理、什么是公平，这位老师经过了几个来回的思想斗争，最后在一次监考的考场上，写下了一首诗。这位老师的名字叫作杨牧，窃以为他是台湾当代写长篇叙事诗最好的诗人，这首用来回答那个少年的问题的诗，就是杨牧的代表作之一《有人问我公理和正义的问题》。

有人问我公理和正义的问题
写在一封缜密工整的信上，从
外县市一小镇寄出，署了
真实姓名和身份证号码
年龄（窗外在下雨，点滴芭蕉叶
和围墙上的碎玻璃），籍贯，职业
（院子里堆积许多枯树枝
一只黑鸟在扑翅）。他显然历经
苦思不得答案，关于这么重要的
一个问题。他是善于思维的，
文字也简洁有力，结构圆融
书法得体（乌云向远天飞）
晨昏练过玄秘塔大字，在小学时代
家住渔港后街拥挤的眷村里

大半时间和母亲在一起；他羞涩
敏感，学了一口台湾国语没关系
常常登高瞭望海上的船只
看白云，就这样把皮肤晒黑了
单薄的胸膛里栽培着小小
孤独的心，他这样恳切写道：

早熟脆弱如一颗二十世纪梨
有人问我公理和正义的问题
对着一壶苦茶，我设法去理解
如何以抽象的观念分化他那许多凿凿的
证据，也许我应该先否定他的出发点
攻击他的心态，批评他收集资料
的方法错误，以反证削弱其语气
指他所陈一切这一切无非偏见
不值得有识之士的反驳。我听到
窗外的雨声愈来愈急
水势从屋顶匆匆泻下，灌满房子周围的
阳沟。唉到底什么是二十世纪梨呀——
他们在海岛的高山地带寻到
相当于华北平原的气候了，肥沃丰隆的

处女地，乃迂回引进一种乡愁慰藉的
种子埋下，发芽，长高
开花结成这果，这名不见经传的水果
可怜的形状，色泽，和气味
营养价值不明，除了
维他命 C，甚至完全不象征什么
除了一颗犹豫的属于他自己的心

有人问我公理和正义的问题
这些不需要象征——这些
是现实就应该当作现实处理
发信的是一个善于思维分析的人
读了一年企管转法律，毕业后
半年补充兵，考了两次司法官……
雨停了
我对他的身世，他的愤怒
他的诘难和控诉都不能理解
虽然我曾设法，对着一壶苦茶
设法理解。我想念他不是为考试
而愤怒，因为这不在他的举证里
他谈的是些高层次的问题，简洁有力

段落分明，归纳为令人茫然的一系列
质疑。太阳从芭蕉树后注入草地
在枯枝上闪着光。这些不会是
虚假的，在有限的温暖里
坚持一团庞大的寒气

有人问我一个问题，关于
公理和正义。他是班上穿着
最整齐的孩子，虽然母亲在城里
帮佣洗衣——哦母亲在他印象中
总是白皙的微笑着，纵使脸上
挂着泪；她双手永远是柔软的
干净的，灯下为他慢慢修铅笔
他说他不太记得了是一个溽热的夜
好像仿佛父亲在一场大吵闹后
（充满乡音的激情的言语，连他
单祧籍贯香火的儿子，都不完全懂）
似乎就这样走了，可能大概也许上了山
在高亢的华北气候里开垦，栽培
一种新引进的水果，二十世纪梨
秋风的夜晚，母亲教他唱日本童谣

桃太郎远征魔鬼岛，半醒半睡
看她剪刀针线把旧军服拆开
修改成一条夹裤一件小棉袄
信纸上沾了两片水渍，想是他的泪
如墙脚巨大的雨霉，我向外望
天地也哭过，为一个重要的
超越季节和方向的问题，哭过
复以虚假的阳光掩饰窘态

有人问我一个问题，关于
公理和正义。檐下倒挂着一只
诡异的蜘蛛，在虚假的阳光里
翻转反复，结网。许久许久
我还看到冬天的蚊蚋围着纱门下
一个塑胶水桶在飞，如乌云
我许久未曾听过那么明朗详尽的
陈述了，他在无情地解剖着自己：
籍贯教我走到任何地方都带着一份
与生俱来的乡愁，他说，像我的胎记
然而胎记袭自母亲我必须承认
它和那个无关。他时常

站在海岸瞭望，据说烟波尽头
还有一个更长的海岸，高山森林巨川
母亲没看过的地方才是我们的
故乡。大学里必修现代史，背熟一本
标准答案；选修语言社会学
高分过了劳工法，监狱学，法制史
重修体育和宪法。他善于举例
作证，能推论，会归纳。我从来
没有收到过这样一封充满体验和幻想
于冷肃尖锐的语气中流露狂热和绝望
彻底把狂热和绝望完全平衡的信
礼貌地，问我公理和正义的问题

有人问我公理和正义的问题
写在一封不容增删的信里
我看到泪水的印子扩大如干涸的湖泊
濡沫死去的鱼族在暗晦的角落
留下些许枯骨和白刺，我仿佛也
看到血在他成长的知识判断里
溅开，像炮火中从困顿的孤堡
放出的军鸽，系着疲乏顽抗者

最渺茫的希望，冲开窒息的硝烟
鼓翼升到烧焦的黄杨树梢
敏捷地回转，对准增防的营盘刺飞
却在高速中撞上一颗无意的流弹
粉碎于交击的喧嚣，让毛骨和鲜血
充塞永远不再的空间
让我们从容遗忘。我体会
他沙哑的声调。他曾经
号啕入荒原
狂呼暴风雨
计算着自己的步伐，不是先知
他不是先知，是失去向导的使徒——
他单薄的胸膛鼓胀如风炉
一颗心在高温里熔化
透明，流动，虚无

每个人年轻的时候内心都怀揣着好多问题，也许是为了自身的利益，也许是为了家国大事，虽然后者在当今少得可怜。多年的理科学习让我始终相信，即使在通俗的大众社会里，也一定存在一个普遍的内在价值，值得我们——在无论曾经年轻还是如今老去——追问，追问。一个愿意问这些宏大深刻问题的年轻人，我们现在称之为愤青，仿佛是被排挤的对象，故而好多困惑因为担心这种遭遇而压抑在心里。困惑压抑得多了，青年便“早熟脆弱，如一颗二十世纪梨”。

二十世纪梨是一种确乎存在的梨，属于水晶梨分支，原产于1888年的日本，因为被认为将在新的世纪具有广阔前景，被命名为“二十世纪梨”。后来这种梨在二十世纪末，又辗转被引进到我国。到现在2015年，跨过了三个世纪。二十世纪梨的名字从超前变得有些跟不上潮流了。但我想，即使换个名字，好吃的梨也会继续被培育下去吧！那么如同清甜多汁的梨一样的、早熟脆弱爱问问题的年轻人，会不会保持他们富有诗意的困惑与好奇，一直保持下去？

引人入胜的与陷入沉思的

比起空洞的鸡汤，真正的经典的好处在于，它是有细节的。它从来不用那些大而美好的词去讲道理或歌功颂德，譬如理想，譬如自由。它甚至可以使这些美好的概念绝口不提，但读完之后，你的心里总会升腾起热乎乎的感觉，然后你知道有一束光已经照进了你的心里。

这个题目还是来自于一个别人问我的问题，依旧是一位我不认识的人，可能出于某种信任，邀请我回答他的问题。问题是这样的：有哪些书是你看的时候感觉引人入胜，看完之后又陷入深思的？后来他又补充，情节根据需要可说或不说，但重要的是说明思考方向。

我想讲讲《肉蒲团》和《天龙八部》。

两本书当然非常符合“读的时候引人入胜”，这自不必说；看完之后那种“引人深思”的感觉又是怎样的呢，如果硬要我一言以蔽之，那就是——空。

听说人在进行完激烈的性爱、到达高潮之后，会进入“贤者时间”[1]，原本寂寞的人，内心会涌上一股更加强烈的

---

① 贤者时间，指的是一种大脑在某件事件过后产生的空洞感。比如男性性高潮，看书、看电影或者连续剧结束后产生的空洞感，偶尔也会在深夜无所事事的时候产生。

落寞与空虚。如果真如是，那么《肉蒲团》绝对是把所有人都鄙视成了寂寞的人，读完之后让人三年不想识肉味（肉欲的肉）。它其实还有一个名字叫《循环报》，禅的意味非常浓。这里所讲的是“觉后禅”，不是凭空领悟、也不是听人说教而习来的，而是经历了世事起伏之后的看破与放下。

李渔是杰出的戏剧理论家，本身也是一个极有个性的人，他许多作品里荡漾着各式各样的情色描写，完全是信手拈来，轻挥衣袖不带云彩，可是他更厉害的是洞穿世事的冷眼。李渔应该不是一个多么热爱生命拥抱生活的人，他的小说虽然用的是极尽欢愉之事来作为表现手段，但通篇读罢，会感觉他像是跳脱了这个热闹的俗世在冷眼旁观。

《肉蒲团》的故事大家都熟，淫人妻女者，妻女被世人所淫，因果循环报应不爽。巧在最后未央生遁入空门，至此方点破“觉后禅”的玄机。唯其情色场面描写之花样繁多、撩人性致，后面的领悟才会深刻、痛。带着这个意味再去品读这本书，能获得的体悟远远大于停在一半就去撸的快感。

有个朋友在十九岁的时候才刚刚看过97版《天龙八部》的电视剧，看完之后他跟我说，原来《天龙八部》是一个有些悲的故事啊。我摇摇头，让他去看原著，《天龙八部》不是一个“有些悲”的故事，而是“众生的大悲”。它能成为一部伟大的作品，一方面是因为展示了众生的大悲，另一方面是在人深思之后又发现它不局于此。

陈世骧和夏济安评价整部小说“有情皆孽，无人不苦”。金庸先生以非凡的笔法展开了一个花花世界，几十个重要人物，几百个露脸角色，彼此勾连、线索交错，又在最后万法归宗——众生皆苦。

查生在原著开头就对“天龙八部”四个字释名。佛经上说的天龙八部，是非人的八种神道怪物。小说中有很多人物带有这八种怪物的特点（尤其是弱点，在书中把它们具象出来，就演化为各自的命运悲剧）。关于这个，在很多网站上都有人做过细考，此处不作赘述。

但这些做解读的人大多自己不读佛经，所以常常忽略一句很重要的话，《法华经》中说：“天龙八部、人与非人，皆遥见彼龙女成佛”。悟透众生皆苦并不是这本书的终点。人世之中的悲固然有无数形态，令人无法逃避，但是须知，天神有寿，寿尽亦枯；众生虽苦，遥见龙女却可以成佛。所以除了全局地看到众生的大悲之外，回到个人修身的问题上，我们是有可能通过对自己不断的砥砺在艰难中渡到彼岸。

与诸位共勉。

一封中秋回信

离家的第五个中秋，回信给一个在我的家乡念书的女孩。

“对世间万物的照胆照心。”

我是给她写信，也像是给自己打气一样——莫忘初心，一直在爱，我的心，便是如此。

亲爱的杨静：

和你的那么多次邮件之后，终于我有了机会用这样一种自己更喜欢的方式，来向你说说心里话了。这封信许诺于夏天，到得有些迟，北京的秋天给了我一些新的灵感。相信你会宽容我的，对吗？

记得那时你问了我一个很好的问题，只可惜上次大连之行太过匆匆，现场没有回答，我们就这样告别——“你在人际关系里最看重的是什么？”

恐怕也只有你才能问出这样一个戳中我的问题吧！毕竟当场的所有人里面，你是最懂得我想要通过那次演讲传达什么讯息的人哪。

如你所了解的我，很多在过小的年纪里便被扣上“聪明”这顶帽子的人，都将聪明看成双刃剑，我的敏锐和悟性总可以让我比别人更快地看清许多事情本质的东西，而我得说，过早聪慧的人生实在太索然无味了！曾有一度，我失去了对一切的兴趣，这是很可怕的，我曾经站在一座小小的山峰之巅，但前无进路，该怎么办？难道是回到我所来自的旧地方吗？“别开玩笑了”，我对自己说。因为那时，我还有一道障碍没有突破，那便是，如何和这个世界以及这个世界里的自己握手言和。

过早地看穿生活滋生出我孤僻的傲慢，或者说我在用这样孤僻的傲慢包裹内心更里面的怯懦。可是，直到我站在山巅，累到无处依附、回到人群之后，才明白，生在世上，仅有聪明勇敢是不够的，那时的我所缺少的，正是此刻我想与你分享的，人际关系里我最看重的——

对世间万物的照胆照心。

胡兰成在他的《今生今世》里说起张爱玲，把她说得和我们所认识的都不一样。胡笔下的爱玲不再那么冷艳，反倒温顺暖人，为什么会这样呢？因为张爱玲把自己无保留地呈现给胡兰成了，好在这个人也真正明白了她，就算早早地看尽了兴衰爱恨，可却愿意欢欢喜喜地与世间的人——爱她的、恨她的、怜她的、畏她的——继续这一场长达几十年的人间嬉闹，这样一个张爱玲，是多么通透却赤诚呀。

过去，我总计较自己在人际关系中的得失，旺盛的得失心令我错过了许多人与事，而他们都是无法被量化的。那么，什么才可以教人跨越得失、获得对世间万物的照胆照心呢？

我想此刻你也明白了，是一颗简单的仁爱之心。这就是我在大二改了这个笔名所希望以及勉励自己做到的事。

爱是重要的，是最重要的，也是唯一重要的事。

我对你提问的回答已告完毕，知道你正在人生关键的关口，有许多决定等待着你取舍，许多波折等待着你经历，以及许多煎熬等待着你忍耐。希望对于这个问题我老套得恶俗的回答可以让你相信，过去我们所怀抱的每一丝善念都是正确和值得的，它会帮你获得通往你理想生活的钥匙，一切都是从对世界的爱开始。

我只与人分享我真正笃信的道理，它们曾帮我在纷纭境中得到宁静。

愿可爱的你平安喜乐！

你赤忱的伙伴

阿仁

癸巳中秋

魏晋博物馆里的曹丕

从古到今但凡有人在的地方，攀比碾压之事就未曾消停。尤其当优秀的人扎堆出现，因为一些客观因素又必须争个高下的时候，陷入排名车轮战的人们便开始了身不由己的mounting征程。

被碾压的曹丕的一生

几乎所有人第一次听说曹丕，都是在《七步诗》的故事里。在这个著名的历史情景中，他是为了王权要杀亲弟弟的邪恶男二号，是反衬曹植文采的配角。《七步诗》的故事口口相传了一千多年，他的配角生涯便持续了一千多年。

几乎所有人第一次在心里马克曹丕，都是这样记录的——曹操的儿子，曹植的哥哥。比起同样与父亲弟弟并称的苏轼，“三曹”里曹丕的地位低到一个好疼。

《文心雕龙》里说曹植“骨气奇高，词采华茂。情兼雅怨，体被文质。粲溢今古，卓尔不群”，恨不得把所有洒脱与风流全冠给他。如果这样的褒奖还不够，那就祭出下面的

《白马篇》，来看看谢灵运所说的“才高八斗”到底是什么模样——

白马饰金羁，连翩西北驰。借问谁家子，幽并游侠儿。
少小去乡邑，扬声沙漠垂。宿昔秉良弓，楛矢何参差。
控弦破左的，右发摧月支。仰手接飞猱，俯身散马蹄。
狡捷过猴猿，勇剽若豹螭。边城多警急，胡虏数迁移。
羽檄从北来，厉马登高堤。长驱蹈匈奴，左顾陵鲜卑。
弃身锋刃端，性命安可怀。父母且不顾，何言子与妻。
名编壮士籍，不得中顾私。捐躯赴国难，视死忽如归。

每一次读完此篇激动花痴得无法自持之际，我都还要告诉自己，曹植写这首诗的时候只有十四岁。

这样的曹植，放在任何时期任何地点，都是讨厌极了的别人家的孩子，而对于曹丕子桓来说，悲剧地，他正是自己家的孩子。曹丕好歹也是少时成名的俊杰，偏偏随着年岁推移，被后起的弟弟步步超越。更糟糕的是，曹植某些方面的确酷似他父亲年轻时意气风发的样子，这甚至让曹操本人都有所犹豫，世子之位，是否要废长立幼。

虚名之见绌，尚可以不计较，关乎实际的世子之位如今也要岌岌可危了吗？

我猜想直到世子之位尘埃落定之前，子桓一定有数不清个夜晚，心中把弟弟子建的小人扎成了筛子。

“所谓兄友弟恭，你这个弟弟也太不给我留面子了吧。刘疆是自己主动把太子位让给刘庄的，我就是个俗人还不行吗，你就不能学学赵王对孝惠帝，不要抢我这唯一的指望吗。”

“我也是八岁能属文、善骑射的好儿郎，放在别的时候，怎么不也是稳稳的世子，可偏偏一个弟弟（曹彰）能武，一个弟弟（曹植）能文，就连更小的弟弟曹冲都能凭称大象早早地被写进语文课本，我郁闷啊！”

前一段时间知乎上有个很火的问题：在清华北大这样学校里是否存在智商碾压的事情？那些被碾压的学生有着怎样的体验？从古到今但凡有人在的地方，攀比碾压之事就未曾消停。尤其当优秀的人扎堆出现，因为一些客观因素又必须争个高下的时候，陷入排名车轮战的人们便开始了身不由己的 mounting 征程。曹丕的 mounting 之路走到四十岁这年结束。到如今，《典论》的许多篇已经失传，比之曹操和曹植诗文千古传诵妇孺皆知，历史果然残酷地销蚀了他处于正常人理解范围之内的才华；他在政治上有所作为而又被乱世流波冲淡，后代的人以谋略二字为圆心展开搜索，在他那个时代，人们先找到了诸葛亮周瑜曹操司马懿，一直等搜寻的半径拉到五环开外，才终于在机场高速边上看到了他，中途大部分人失去耐心而不再搜寻，只留下史官愿意好好讲一个不偏不倚、以他为主角的故事。

史书里最后对曹丕的评论先扬后抑，说文帝天资聪颖，提笔能章，常常思虑周详，是博闻强识、文武不凡的人物。可惜这里出现了一个讨厌的但是——“若加之旷大之度，励以公平之诚，迈志存道，克广德心，则古之贤主，何远之有哉!”其实意思是说，比之古代贤帝，子桓你还是缺少旷度达观，缺少公平之诚。道存不远，德心不广——要成为明君，子桓你仲有几多路要走啊!

人生中的闪光时刻

写《说谎者的扑克》的刘易斯曾有一个说法，叫作捕捉文学性的瞬间。“如果你足够关心这世界，世界将展示给你那些文学性的瞬间。在那个瞬间，一个故事可以呈现所有道理。”纵使郁闷如曹丕，也一定有闪着光的时刻，这些时刻甚至只留存为一幅简单的画面，而包含着许多不可思议。

子桓五岁时，王允杀董卓，李榷、郭汜攻陷长安，京城伏尸如山血流漂橹，正是战争最残酷的时候。父亲曹操因此决定教他骑射，争气的子桓六岁便有成。在战乱纷扰的年代他遵父命，学武以保全自己，很快崭露出天分，在其自叙中说道："少好弓马，于今不衰。逐禽辄十里，驰射常百步。"十岁那年，曹操与张绣在宛城大战，曹军大败，曹操自己仓皇逃命，儿女家人无法顾及，其长子曹昂和侄子先后被杀，手下的大将典韦也战死，在曹军几近倾覆之际，年仅十岁的曹丕乘马得逃，这段奇遇不胫而走，传为魏国佳话，曹丕也成为少年英雄，此后，他封五官中郎将追随父亲行军，多次置死生于不顾，只为了建立一番属于自己的功业。

所以到这里竟出现一个莫大的伏笔，"白马饰金羁，连翩西北驰"——那一年曹植笔下的翩翩少年、《白马篇》里的意气游侠，其实正是他的亲兄长曹丕子桓哪。若说有什么让曹植提笔涌泉，写出这般了不起的《白马篇》，那一定是对兄长的仰慕。纵然日后水火不相容，儿时情谊却不虚假，曹丕口中念念的兄友弟恭曾经确实地存在，他曾经是整个曹魏、也毫无疑问是弟弟曹植心中的骄傲。

黄初元年（220），不世出的枭雄，文治武功都有着不可替代的地位，被尊为魏武帝的曹操结束了他槽点与精彩齐飞的一生，薨于洛阳。这一年汉天子刘协在大势所趋下，禅位于曹丕，三让之后，曹丕继承了皇帝位，也使得禅让制从上古三代舜帝禅让大禹之后，重新再现中原大地。先前的士族对曹操亦多有怨怼，也终究随其离世而烟消云散。新登帝位的文帝曹丕自小与士族大夫一起吟诗作赋，一起指点江山阔论天下，早已令许多享誉百年的名门望族倒向曹魏朝廷，除了荀氏，颍川陈氏、清河崔氏、太原王氏、范阳卢氏这些领袖级的豪门也都相继归心诚服。

那天清晨，当曹丕沿着权力之路拾阶而上，在王朝中心振臂挥袖，他一定会想起建安二十二年的某天，周详谨慎如他，也要失态地抱起辛毗的脖子说，辛君能明白我此刻的愉快吗？那天是他得封魏王世子的日子。站在舞台之央的曹丕，是那么年轻，是那么百感交集。

半预谋式邂逅

一种生活在别处的流浪心态促使我打开蔡康永的书。因着书里一个奇妙幻觉的描写，我花了一整个 APEC 假期再读《世说新语》。出于对其中魏晋风度的着迷，又在所有工作生活的缝隙里看完了许多讲述魏晋人物生平的野史趣闻。它们指引着我溯流而上，找到那段历史的源头——《三国志·魏书》《三国志·晋书》。虽然我不晓得自己会被带到哪里，但我始终记得自己出发的由头是什么——寻找理解与安慰（听起来好傻）。

于是每一段被记录下的历史都不再仅为一个随茶饮下的

故事。那些极尽恣肆的评说和无比端庄的史料各自形成一条路，盘根错节，或彼此交叠，或平行而望，最终，领着我走进一座属于三国两晋的博物馆。在里面，赤面长髯的关羽战无不胜，扬鞭东指的曹操在等待天下归一，他们都是真正的英雄，因为英雄都有以他们自己为主角的故事，经久不衰。博物馆里的英雄光凭气场就足以各自雄踞一方地盘，而就在好奇与兴味牵引我打量他们发亮夺目的金身时，我看见了曹丕的小像，这尊小像不似一个展品，而仿佛生活里的物件，触手可及。我看到的曹丕，是一个与儿时课本上不太一样的人，他不是一张单薄纸片或是一个独立故事，也不是没有容差的黑或白。曹丕处在那些动辄被塑造得高大全伟光正的历史人物之间显得如此真实，有被照亮的地方，也自然地生出阴影。他前承一个文韬武略的父亲，后启一个文采“粲溢今古”的弟弟，生于群雄并起的乱世，拥有一个普通人都会有的焦虑和嫉妒。他不平凡的一切因为出身帝王之家而被迫削去了光彩，而他平凡的烦忧与欢喜，也因为同样的理由在历史中被保留下来。

既然今天我到了这座博物馆，那姑且写点什么，以纪念他作为配角粉墨登场的那一首诗的时间，和被人们匆匆带过的四十年。

同时我想以这篇文章作为一个开始，慢慢探究自己很内心的一些想法和逻辑；我是因为怎样的际遇走到历史中去？在哪些地方驻足停留？又在看到什么事情之后走向何方？此番用功只因为在很早之前我心里就有了一个模糊的感觉——每一个脑中产生的顿悟，来自阅读也好、经历也罢，都在引导我向一个奇妙的深处前进。随着狭路洞开，柳暗花明，曾经散落在脑海中的零碎道理，会组成一组完整的密码。看过同一部作品和经历过同样事件的人们彼此之间会有相同的体验，同样的体验便是一组密码，你可以像拿着钥匙一样打开更多人，甚至是许多了不起的人物内心秘密的盒子，然后你们会心照不宣。

这种“同理”之心的体验对尘世间烦恼之解决毫无帮助，却足以让人在辗转反侧的夜里，获得一个静谧的睡眠。

司马晋家门

一片树叶生得它此刻的样子，是阳光、雨水和土壤的作用，更因为它来自哪棵树。

镜头由远及近地推向京都洛阳东市，时间是魏景元三年的秋天。街上是许多素不相识的面孔，有些在流泪，有些在呼号，有些哀伤得无法言语，有些却匆匆走开，还有些不谙世事的孩童在嬉闹。

秋风起，叶落娑娑，刑台上。

大将军府外有三千太学生上书请愿。景语、人语，在这一天只记录了一件事：嵇康之死。

刑台上的嵇康孑然独立，仍是他为世人所熟知的模样，宽硕的衣袍，面无惧色。他想通了大道至理——人之来世，也是被生；人之去世，也是被死。死后将来自尘土的肉身归还天地，在周在易。可当目光掠及妻儿，终是不可脱俗地涌上悲戚的情绪，“不要悲伤，有山巨源在，尔等不孤”。他又顿了顿，“将我的琴取来”，于是抚琴奏曲，下面嘈杂的人声陷入静默，待琴音止，只听他一声叹息，“昔袁孝尼尝从吾学《广陵散》，吾每靳固之，《广陵散》于今绝矣！”

当我开始梳理魏晋风度的头绪时，上面的一幕便如倒叙电影的开场一般浮于眼前。历史在开头呈现了许多种可能性，最终被无数巧合与宿命牵引向唯一的结局，而对那段故事来说，有一条很重要的线索让人怎么也回避不掉，这便是司马家族。

曹魏代汉，司马晋代魏，在过程上看起来十分相像，但是曹魏起于乱世，其兴之也速，亡之也忽。司马家族的建立更代表了传统儒家名门的崛起。有趣的是，司马家明明为历史政治的前进发了许多次劲，却都吃力不讨好，在知识分子的历史观里总逞不起英雄，司马家的人缺少一股戏剧化的性格张力，于是不能在九年义务教育课本里以某个故事的主角登场，这些年来，在一辈辈小孩子的心里一直是曹刘孙之外的二号。

回到嵇康之死，令其惹来杀身之祸的根本，就在于嵇康所抱持的人生哲学与司马昭完全不同。嵇康对人性的见解是很高明的，他的高明更像是庄子，在政治舞台上的嵇康常是显得很寡言，是因为他觉得有些道理固然可以通俗地说，可是大音希声、至理不语，若为了让更多人明白就用无底线的通俗去诠释，那便毁了至理的本貌，于是他对政治是沉默的。可是另一方面，他在文化上又是极为具有影响力的领袖，到这里，才真正触碰了司马昭内心深处的惶恐。司马昭非常系统地从他祖父辈那里继承来了一套价值观，了解魏晋风骨的一个很重要的方面，恰恰是理解司马氏的家族传承。

历任洛阳令、京兆尹（相当于现在的首都市长）的司马防有八个字里有“达”的儿子，世称司马八达，八达里最出名的就是算无遗策的司马懿，他的兄弟司马朗和司马孚也都是史书上叫得上名号的人物。至于有传言说司马懿的祖上是高阳之子重黎，编撰的可能性大一点，有确实史据的是在秦末，反抗秦国暴政的大将司马仰，在刘邦击败项羽统一中原之后被奉为殷王，封地河内。汉代起举世尊儒，这一点深刻地影响了司马一氏的家学。

司马防是一个于私不漫于公不阿的人。他年轻时读班固的《汉书》，每个人物都作了自己的批注，总共十万余字，读史不易，更加不易的是在学习的过程中把握住了自我立身的标准。这是一直以来接受儒家教育的结果。所谓礼乐之义，便是要天下遵守统一的规矩。司马防对其儿子们的管教也是如此，按照记载：不命曰进不敢进，不命曰坐不敢坐，不指有所问不敢言。而且这些还都是在孩子们加冠成年之后，由此可见司马防的家教之严。

董卓之乱时，司马防被迫与汉天子一同前往长安，司马懿的哥哥司马朗则带着全家逃离京城，可惜后来被董卓派人抓回来了。董卓当即向其问罪道："你和我死去的儿子同龄，身为士大夫不为国家做事也就罢了，为何要在这个时刻不顾朝廷法令而逃跑呢?"而司马朗倒是面对质问毫无慌乱，慨然说道："而今少帝年幼，而又遭逢黄巾乱世，州郡之内，乱象纷呈。昔日周公吐哺，天下归心。明公你身居伊尹、周公之位，当以谦恭之态，广招天下贤才，与民生息，同心合力，如此社稷才能安然，民众方能归心。现在州郡各地，兵祸连天，抛弃家业逃离故乡的百姓处处可见。我司马朗之所以带着家人回归家乡，也正是如此。您以我为例，就可知道现在民心多么不稳。希望以此为鉴，找出民心不稳的真正原因，好让天下安定。"此话略带隐晦但是讽谏之意也很明显，告诉董卓不要将汉天子远迁长安，这才是维持民心向稳的办法。董卓也不是笨人，一听便明白了司马朗话中的意思，便回说"容我再考虑一下"。

只是司马朗嘴上劝诫，心里想的依然是逃走，因为从根本上，司马朗就瞧不起董卓，更不认为他是能够治世安邦的人才。按照儒家至仁至礼的要求，即使他董卓有推翻刘汉取而代之的野心，也绝不应该弑杀天子。周末的厉王昏庸无道乱世暴政，最后丧失了实权，可是后来实现统一的秦也没有将周天子杀害，推翻后只是流放。更何况汉家天子四百年来大兴仁义，士大夫与天子共享天下的治国理念早已深入人心。在他眼里，董卓的所为是真正的无畏之举。无知者无畏，无信者不立，无准者不久，一个无畏而不立不久的人，又如何能走得长远？于是他一回家就行动起来，贿赂董卓的亲信，终于顺利回到老家。

值得庆幸的是，年仅二十岁的司马朗对于自己肩负的责任有着清楚的认识，日后成为一代风云人物的司马懿——他最大的弟弟——才十二岁，父亲远走长安，家中的一切都需要自己操持。这时的他对弟弟们只有一个要求，不出家门安心读书，不要因为世道将崩就心存侥幸心理，不可一日偏废学业。之前说过，司马家是根正苗红的河内人士，司马朗回到家乡时，袁绍也已经与河内太守王匡一同屯兵于此，董卓杀少帝之后，天下之势已濒于四分五裂的边缘，若天下乱，河内一定首当其冲，因此司马朗极力劝说乡中长老前往黎阳。

看到大势将变的当然不止他一人，公孙家的后人冀州刺史公孙度也看到了，而他仿佛辛亥革命一声枪响之后的阎锡山和张作霖，心想百年不遇的机会来了——只要风够大，猪都能飞起来。后来他如愿以偿得到辽东，割据一方，自称辽东侯、平州牧。

公孙度和司马朗的远迁有着本质区别：面对即将到来的乱世，司马朗的选择是避以自保、静以旁观，而公孙度则明显想要浑水摸鱼、借势取利。两种做法都各有各的道理，只是世间事享其利便要受其害。浑水摸鱼虽然能带来暂时的好处，可浑水不但不常有，鱼也只能越摸越少。求乎外者败乎外，自古如是。司马家人自幼承袭古训："君子不处危墙之下。"不但是让不能计算出危墙什么时候倒的人不处于此，也是让能掌握其规律而精确计算出其运行状态的人也不要处于此。一时之侥幸，一世之大害，不可不慎。后来的事情很清楚了——公孙家几起几伏，终至公孙渊时几近举族倾覆，灭了他的，正是懂得儒家处世之道的司马家后人——司马懿。

谢安说："我常自教儿。"即指身教。《周易》有言："积善之家，必有余庆；积不善之家，必有余殃。"不曾闻父母常吵者，而子女心定；不尝闻父母常诈者，而子女忠厚。"司马八达"，绝非偶然。

从小在这种家庭环境中长大的司马懿，不仅有过人的学识，更难得的是，一个聪明之人性格里还有坚毅忍绝，所谓少有大智。而在群雄割据的年代里，他这样的人才很难不引起当权者的注意，士族圈子就这么大，又在曹操的地盘，曹操求贤若渴海内皆知，于是第一次请他出仕，任上计掾。此时是建安六年，曹操最是春风得意的时候，司马懿二十三岁，新婚燕尔。司马懿不想加入曹操麾下，但是在那种局势下显然不能明着拒绝。可他为什么不愿意成为曹操的谋士呢?

建安五年，曹操杀董承等人，为正统士族世家所厌恶。光武以来，风化之美，是自周朝衰落后最盛之世，课税三十取一，为历代最轻；士族地位之高，仅次于后来的魏晋。因此虽然桓帝灵帝时期汉家失德，却依然得到士大夫们的拥戴，不惜慷慨赴难。而彼时的曹操，虽然得到颍川荀家的支持，但是真正的汉末士族领袖——颍川陈家，还没有真正全心归附。作为传统儒家名门子弟的司马懿，并不能真正认定袁绍退败之后的曹操能够就此夯定大势，兴忽亡勃的事情历史上太多了，以司马懿的见识和学问，加上主观情感因素，此时不愿去曹操手下做事也就可以理解了。

随后，体现他忍耐与智慧的大招来了——甩人的最高境界就是被甩——假装患有麻痹症。如此一来，既不罪人，也不罪己。

当然，我们的魏武帝可是能和太祖一起鄙视秦皇汉武的枭雄，怎么可能容你司马懿说不来就不来。当曹操派人来司马家查探虚实时，派来的人趁其不备用针刺了司马懿的大腿，而司马懿硬是咬牙按捺了疼痛的反射，面上云淡风轻，这才让来人信服。讲到这里要节外生枝，说说司马懿的妻子张氏。张氏的母亲是后来竹林七贤中山涛的姑奶奶（爷爷的姐妹）。在司马懿装病期间，有次在外面晒书，骤雨忽至，作为一个文化人，爱书的司马懿一下子忘记考虑周详，心寄其上，竟然慌忙从床上跳起，跑到外面把书取回，整个过程正好被他们家的一个小婢女撞见。黄雀在后，张氏又恰巧看到了小婢女看到司马懿的这个举动。竟在司马懿还不知道此事的情况下，就将小婢女杀了。司马懿知道后，很是看重张氏。但这样一个杀人不眨眼的狠心女子，是断不能长久留在枕边的，于是他后来还是逐渐冷落了张氏，使其失宠。

过了这一关，司马懿却注定不是一个属于田园写意生活的人。史书上曹操评价司马懿有狼顾之相，绝非人臣。何谓狼顾，就是当年曹操让他往前走，突然叫住他回头，他竟可以身体向前，只有头转向后方，谓之狼顾。这种夸张的描写看看便罢，我想真正让曹操有此评断的，绝不是一次两次的举止，而是他多年来与司马懿你来我往的交锋中所了解的脾性。如前文所言，乱世之中，永远不缺少聪明人，难得的是聪明又坚毅忍绝，因此才使曹操预见他“有雄豪志、非人臣也”。

直到三十岁那年，大儿子司马师出生，司马懿终于出仕。此时曹操收拾好了袁绍的地盘，终于回过头来要再请司马懿了，而就在前一年，刘备得诸葛亮，天下三分之势呼之欲出；此时，三十岁的司马懿对于天道和人德都有了更加深刻透彻的认识。独善其身，是许由巢父等人的选择，却不是他仰慕的孔圣儒学所为。修身齐家，还要施惠于天下，才是他的追求。司马懿终于应征，先为黄门侍郎，正正经经地从基层干起。

我们翻看司马懿的生平，看到在战场上的他算无遗策，擒斩孟达，抗蜀北伐，到后来对阵五丈原、平定辽东，都一次又一次地让世人叹服他对军事和政治的理解。但就是这样的赫赫战功，到老来，却因为他诛灭曹爽而化为一场空，司马家自此被冠上了乱臣贼子的骂名。

正始之年，经过多年的休养生息，中原一带恢复了几分往日的生气，虽说不上是什么大盛世，却足以让一代老百姓衣食无忧地成长生活，这是多年混战的乱世中有些异常华丽的时代，曹爽、何晏便是在这样的环境下成长起来的。

曹睿快要不行之前，曾把曹爽叫到跟前，问他能否与太傅司马懿一起辅佐幼子曹芳。年轻的曹爽突然被委以重任，自是红着脸无言以对，可也正是他那时没有自大到放下不知斤两的许诺与空话，给了曹睿一些希望——又不需要他建功立业，只要能尽辅佐之职，平安过渡，等到曹芳长大，天下还是曹家的天下。也和很多普通人一样，年纪轻轻被委以重任，当然会兢兢业业一段时间，可惜就可惜在，曹爽这热乎劲儿一旦过去，本性就暴露出来，成长在昌平年代里的人，当然不如乱世中的老臣深谋远虑又懂得坚持和忍耐，时间一久，自信心就膨胀起来了。与他一样年轻的何晏，可谓是那个时代的陈冠希，自带潮人光环，而且皮肤白得连曹睿都嫉妒，更要命的是，他发明了一个后来比他自己还出名的东西——五石散。我小时候觉得意气风发的曹爽、粉面青黛的何晏任性又潇洒，更是喜欢，对一本正经的人与事觉得索然无味。可是长大之后重读历史，反倒是固执卫道的司马懿更引起了注意。当阅读的眼光不再只停留于单个人物身上之后，脑海内便会翻涌起与整个时代相关的背景音——文化的演变。

文化与治世的制度，是一对儿关系很微妙的事物。文化时时在变，当它的改变积累到一定的量，足以渗透到人们的观念，在一个特定时点上，加上一些催化的条件，就会发生制度的变迁。比起正始这个年号更出名的，是正始之音一词。随着以曹爽、何晏为代表的年轻势力的崛起，自由之风从上而下，荡然而生。整个社会在没有了权威以后，所有人想创作就创作，想写什么就写什么。真是“鸟飞了，就像鸟儿上天了似的，一切都活了。都有无限的本领，要做什么，就做什么。要怎么样，就怎么样”。

至此，完全区别于东汉时期的风气彻底成型，上百年的魏晋风流拉开了大幕。年轻人只想好好享受盛世，一时间，到处都是鲜丽的色彩，到处是涂脂抹粉的俊男，伊洛之畔到处是摇头晃脑的发散之士。时代与司马懿挥斥方遒那会儿不再一样了，他有时也会想，是自己老了吧。年轻人这样做好不好？可能他自己也不知，但是若要是这些人败掉自己一寸一分打下来的江山，就无论如何也不能容忍。后来的事情大家都知道了，想要架空司马懿的曹爽最后还是黄粱一梦，司马懿又不能让他活着，原来曹爽的亲信告发他怎么监视皇帝，谋篡皇位，叛逆罪。不仅仅是曹爽一人，曹家兄弟，曹爽亲信，何晏、丁谧、邓飏、毕轨全都进去了。这时就可以看出司马懿的狠。这些人后来一律被杀，而且很多人因为连坐灭族了。“天下名士减半”。后人说起这件事时，还觉得心寒。

最后回到这篇文章的开头，嵇康之死，始作俑者司马昭也注定永远无法洗白。可就是踩在这两位乱臣贼子的祖先肩上，才有后来的司马得登大宝。

景元四年，阮籍亡。

向秀在嵇康死后，终于答应了他所在一郡的推荐，入京就职。司马昭看到向秀，前尘往事涌上心来，昔年山阳之美，士人之兴，依然历历在目。竹林七贤之声犹在眼前，如今却已落到如斯田地，他问：“昭素来闻君有箕山之志，今日又为何在此？”

又过了若干年，已是晋朝重臣的王戎路过山阳黄公酒垆，百感交集，回头对他人讲道：“吾昔与嵇叔夜、阮嗣宗酣畅于此，竹林之游亦预其末。自嵇生夭、阮公亡，吾便为时之所羁绁。今日视之虽近，邈若山河！”

好一句“今日视之虽近，邈若山河”。

这句话放在《世说新语》的伤逝篇第二，伤逝篇第一说的是这样一件事：王粲死后，文帝曹丕去参加他的葬礼，对同行的人说，仲宣爱听驴叫，大家一人叫一声再给他听听吧。于是来人全体各学了一声驴叫走了。

这是不是就是魏晋风度之一斑？

我不知道，但历史翻过了从前，也同时会展开新的一页。

舞林年少争缠头

“创作可以跨越领域之界，人生要跳脱宿命之界。”

——罗曼菲

最后一次密集地练舞是高考之后的暑假，那时每天起码都跳四个小时，跳了一整个夏天，距离现在这个夏天刚好五年。大学之后我修了一年的国标舞课，可是一周两小时的课程实在太松散，已经不值一提了。

每当觉得自己过得特别苟且的时候，我就会回想起那个夏天——每天清晨叼着一片吐司夹着煎蛋出门，跳到午后太阳的火力削弱下来再回家，洗个乃不知有汉无论魏晋的热水澡，倒在床上，眯缝上一个钟头，醒来日暮西垂，我抓起手边的书或是电脑，漫无目的地读些文章。傍晚的时候爸爸煮水喝茶，他常喝的那种茶叶有檀木香，回味里是一些仿佛果子一样的甘醇，一小壶下来，刚好中和了肌肉里的乳酸和因为没怎么吃东西而产生的胃酸，然后心满意足地睡去，一晚上的睡眠让大小腿、手臂和腰背的肌肉都在撕裂后整装待发，新的一天又开始了。

这样一个夏天过来，我的身体状况被调节到一个非常精实的状态，而这时候我陷入了一个普通人的思维误区——认为生活是线性的，认为当前的轨迹可以不费力地复制延续下去，我天真地认为，健康是一种常态。

近来我每天都会在朋友圈里看到几个小姑娘小伙撩起上衣、露腰提臀地自拍，这些散发着健康汗水味的照片正在用它愈加密集的出现频率告诉我，夏天来了。这些照片里的姑娘小伙好看吗？好看。看着这样傲人的健身成果任谁都会心痒，可是说句心里话，我对这种简单肉体的美好并不感冒。能够触及我内心的肉体美，一定是要和某种精神联系起来的。

在大学时光刚开始的一学期里，我完全没有抓住节奏感。为了保持一个从小到人的学霸的骄傲，被三十学分的课虐得遍体鳞伤，然而这并没有什么卵用，最后也没有全 A。同时，健康的身体却在离我越来越远。因为没有腾出规律的锻炼时间，暑假里养得好好的肌肉开始松弛，整个人的精神也显得有些黯淡，每天心里惶惶然有些空落，等到学期末的时候，我已经和刚入学的模样很不一样了。

又这样颓废挣扎地过了整整一年，终于在去台湾的半年里，把舞蹈捡回来了。那段时间，除了每周去两次舞蹈房，每天清晨还会绕着涵星庄跑步。沿着学校旁边的公路，左手边是浓如重墨的中央山脉，右手边是被海云染白了的东海岸山脉，海岸山脉的另一边，就是碧绿的太平洋的海水，置身其中，我常常想，这不就是我心中的大山大水吗？整个学校和眼所能及的附近没有一座高楼，天仿佛也是低的，那些陪着我跑步和跳舞的云朵，好像伸手就能够得到。有时候白天没跳够，到了晚上腿痒，还会在七八点钟的时候独自溜上宿舍四楼的露台，这里晚上没什么灯火，只有月光，有聒噪的小鸟间或鸣叫。我有时会用手机放音乐，但是这里的夜实在太静谧，让人不忍心打扰，于是我便关了音乐，全凭自己的嘴数着节拍起舞，“two，three，four——one，two，three，four——one，and two，three，four——one……”，就这样直至夜幕四合，我觉得自己和自己的心贴得很近。

舞蹈开始于人类文明意识觉醒之际，在人类形成了早期社会的同时，也开始尝试着用非常原始的肢体动作来表达对于上天和种族图腾的膜拜，这是非常接近“礼”的行为，人对大自然充满了好奇和敬畏，想要往“外”探索。后来，人们通过舞蹈表达内心的情感，或喜或忧，借由舞蹈，人走向了自己的内心。当然，我不认为舞蹈仅局限于当下的个人情感。在漫长的历史演进过程里，舞蹈有了时间维度的纵深，也有了地理范围上的宽广，它成为一部用肢体演绎的历史和地方志。尽管多年来，有些舞容和舞步在失传，但是依然保留了许多地方的传说和社会气象，于是每一次观赏和体验一段舞蹈，我们都不光是和自己，也是在和一个时期的一个地方的人们进行一种奇妙的交谈。

以前我的舞蹈老师跟我说过，新中国之后的舞蹈教学体系完全来自于苏联，我们本土科班出身的舞者，在用大量的时间去复刻苏联时代以及西方其他国家的经典，失去了地方传统的思考。每思及此，不由得令人心生遗憾之感。这一情况不仅在专业领域，就连在民间也是如此，回到我跳得最多的国标舞，目前周围的朋友们越来越多地在尝试这项运动，但是更多时候，国标的社交属性盖过了它的体育属性。可是我其实很喜欢它在竞技领域的名字——体育舞蹈。

大学之后我学了一门课，叫作物理化学，如果我说体育舞蹈的“体育”，跟物理化学的“物理”二字是异曲同工的话，学过的人自然就明白了，国标究竟在用一种怎样的态度在训练舞者。

“体育”让这种舞蹈不再只是个人对着镜子孤芳自赏的消遣，而是走出了精英群体和贵族阶级的牢笼，让它与非专业的广大人群也联结起来。更多人对此有了一套方法论和世界观，也就是说，首先，我们懂得从哪些维度去训练自己的身体，其次，我们对于自己的训练结果和他人的呈现有了可以评价的准则。我非常喜欢这两个字带给舞蹈的精气神和风骨，带有儒学积极入世的通感。对，这种精气神和风骨就是让舞者的肢体美丰富起来的关键。

说回来，用带有历史观的叙事来编排舞蹈，当代中国做得很杰出的，便是林怀民的《云门舞集》。罗曼菲是云门的第一代舞者（她的代表作里有一部叫作《挽歌》，《挽歌》前后上演了十年，是以某年夏天的一次事件为背景，墙内貌似搜不到视频，一声叹息），有着非常好的学历与背景，20 世纪 70 年代考入台大外文系，后来去纽约读了硕士，回到台湾之后加入云门，还被同团的成员称作“华侨”。见过她的人都明白这个称呼的由来，她身上每时每刻都透着逼人的灵气，无比高贵。她说，自己跳舞就是为了追求每一天都能多感受到一些身体微妙平衡的刹那，专注在动作的刹那。如此专注又灵气的罗曼菲，回到台湾之后的日子过得是很朴素清贫的。她活了五十一岁，被癌症折磨了五年，生命的十分之一都被病痛困扰，以至于在她人生的最终，嘱托她的好朋友，要让自己“死得有尊严”。一个人活着的时候，努力地追求自由、探索自己，死去的时候依然在竭力保持高雅的态度，这是一位真正在用生命起舞的舞者。我了解这些事，是因为在台湾的时候看了不少她的访谈。舞蹈和其他艺术形式一样，重要的不是技巧和专业，而是培养一份综合的审美、更宏观的审美。

所以这些艺术形式也是殊途同归的，终点便是美、世界和人。

所以跳舞带给我的另一件很令人欢欣的事，就是可以和一群一样渴望着对自己身体进行探索的人们在一起，我时常会有那种喜滋滋的心情冒出来，哪怕只是默默地在功房练习，而不上台。我所认识的那些拥有着结合了美与精神的人，让我羡慕的、对身体的掌控灵巧而富有创造力的人，许多都是舞者。他们中的绝大多数并不出名，而且残酷的现实表明他们的艺术生命很短暂，这很让人惋惜，尤其当那些业余学舞的人可能只是为了在社交场合有更多的便利。我见过不少那些名不副实的舞会，男男女女，花花绿绿，来来往往，戚戚切切。可我也知道有很多勤勉的人、有天分的人，还在努力“越界”，这是罗曼菲的原话，“创作可以跨越领域之界，人生要跳脱宿命之界”。因为这些人的存在，舞蹈才成为一件光荣的事情，不是娱乐、不是消遣。它会在每个人生的低潮时期提醒我，不能时刻放弃对自己的训练，不仅是身体，还有精神，而当一个人不放弃对自己的要求，常常想起自己把握住自己的那些“刹那”，那么我们的心，便可以永远停留在一个灿烂的年代，十三岁、十五岁、二十二岁、三十六岁、五十一岁，这些都是数字而已了。

我是如此认定的，也将这样相信下去。“五陵年少争缠头，一曲红绡不知数”，古人的诗，随它去。